教養としてのゲーテ入門

「ウェルテルの悩み」から「ファウスト」まで

仲正昌樹

新潮選書

はじめに

　近年ドイツ文学は流行らなくなり、ドイツの特定作家のファンだという人は絶滅危惧種になりつつあるが、「ゲーテ」という名前だけはよく知られている。むしろ、「ゲーテ」という名前を全く聞いたことがないという人の方が少ないかもしれない。近年、ヨハン・ヴォルフガング・フォン・ゲーテ（一七四九－一八三二）の名言を紹介する本も何冊か刊行されている。

　ただ、「ゲーテ」がどういう作家かというと、ドイツ文学通の人でも一言で表現するのは難しいだろう。彼の主要著作で比較的よく読まれ、文学に詳しくない人にも存在が知られているのは、『若きウェルテルの悩み』（一七七四初版、八七改訂版）と『ファウスト』（一八〇八第一部、三三第二部）の二作であるが、若者の悲恋をテーマにした前者と、自らの生への欲望をかなえるために悪魔と契約した学者を描いた後者では、かなりイメージにギャップがある。この二作に次いで知られている『ヴィルヘルム・マイスターの修業時代』（一七九六）は、主人公の内面的成長の過程を描く「教養小説」の原点とされるが、前出の二作とテーマ的にどう繋がっているのか、ちょっと読んだだけでは分からない。ゲーテにはこの他、「運命」と「復讐」をモチーフにしたギリシア悲劇を登場人物の内面性に焦点を当てる形で改作した戯曲『タウリスのイフィゲーニエ』（一七七九初演、一七八七刊行）、東洋の文化と汎神論的自然観への憧れを謳った『西東詩集』（一八一九）、旅行記『イタリア紀行』（一八一七）等の作品がある。また、自然科学にも造詣が深かったゲーテには、光学、鉱物学、植物学についての著作もある。加えて、ワイマール公国の宰相であった彼は、政治家でもある。

そうした多面性を持った「ゲーテ」という存在を、私の関心に合わせて敢えて一言で特徴付けると、「市民社会の視点から『人間』を描こうとした文学者」ということになるだろう。ゲーテが「市民的作家」であること、彼が古代ギリシアやローマに見られたような普遍的な「人間性」の涵養という意味での「教養 Bildung」の理念を、作品を通して追求したことは、ドイツ文学の専門家にはよく知られている話である。日本で刊行されているドイツ文学のスタンダードな概説書の類では、ほぼ必ずそのように記述されている。

しかしながら、それらの説明文では「市民的」であるというのは具体的にどういう振る舞い方あるいは生き方か、単に生物としてのヒトであることとは異なる意味での「人間性」とはどういうことか、明確に説明されていることはあまりない。「市民」「人間」「自然」「古典主義」といった（一見）抽象的な言葉が無造作に使われているせいで、かえって分からなくなった、と感じる読者も少なくないだろう。私自身、学生時代にそう感じていた。最近は必ずしもそうではなくなっているが、日本の独文学者には、文学作品自体の翻訳はできても、それを理論的に評価するのが苦手で、ドイツで流通している哲学的な批評の言葉を――分かったつもりになって――そのまま借用しているような人が少なくない。

「ゲーテ」を始め、レッシング、ヘルダリン、ノヴァーリス、リルケ、カフカ、トーマス・マン、グラスといったドイツ語圏の作家たちが、日本においても絶大な影響力を持っていた時代であれば、ドイツの学者や作家からの受け売りで、「市民」とか「人間」などと言っていれば、どうにかなっていたかもしれないが、現在のようなドイツ文学全体が斜陽の時代にはもはや通用しないだろう。ロマン主義から社会主義的リアリズムに至るまでまったく異なったタイプの作家たちが根底において共有しているように見えた、ドイツ的な社会観や世界観が、日本の読者をもはや魅了していないのであるから、それを象徴していた言葉を使って批評しても、何の意味もない。「ゲーテ」という名前を冠した最近の啓発本には、「ゲーテ」「ゲーテは使える」とか「ゲーテは予言した」などといったフレーズを使っているものがあるが、それは単にゲーテという高級そうな外国人の名前を利用して商売しているだけであって、「ゲーテの文学」あるいは「ゲーテの思想」を紹介したことにはならない。

ヨハン・ヴォルフガング・フォン・ゲーテ（ヨーゼフ・カール・シュティーラー画）

そこで本書では、「近代ドイツ文学」を代表する作家であるゲーテの主要著作のいくつかを、「市民」と「人間」をキーワードとして強く意識しながら読み解くことを通して、彼の作品において何がテーマ化されているのか、なぜ彼が偉大な作家と見なされてきたのか明らかにすることを試みたい。どうして「市民」と「人間」が重要なのかは、本文の中で徐々に明らかにしていくが、ここでごく簡単に概略だけ示しておこう。

「市民」というのは、「近代市民社会」に生きる「人間」である。「近代市民社会」とは、封建的な身分制や、地縁・血縁関係による拘束から解き放たれた人々の自由な関係によって成り立つ社会である。元々縁がなかった「市民」たちを結び付ける主要な媒体は、交換の手段である「貨幣」である。「貨幣」を基準にして様々な事物に価値が付与され、その価値の体系に従って、新たな発明・発見がなされ、効率的な社会制度が形成される。それに伴って、「人間」と「自然」、「人間」同士の関係が変化し、何が「人間」の本来の姿であるかが見えにくくなった。古代ギリシア・ローマの芸術や文学に表現されている「人間性」の理想に対応するものを近代において打ち立てようとする、ヒューマニズム（人文主義）や古典主義の運動も盛んになったが、近代的な「人間性」の理想をはっきりと表象することは困難であった。

ゲーテの生きた時代は、古い秩序の解体と市民社会の勃興が最も顕著に現われた時代である。ジャン＝ジャック・ルソー（一七一二－七八）の『人間不平等起源論』（一七五五）と『社会契約論』（一七六二）によって、「人間」概念に揺さぶりがかけられ、法＝権利の主体としての「市民」が政治理論の主役になった。[1] アダム・スミス（一七二三－九〇）の『道徳感情論』（一七五九）と

『諸国民の富』(一七七六)によって、市場を中心に生まれつつあった市民相互の道徳的な関係性が明らかにされると共に、自由主義経済の理論的基礎が与えられた。政治的には、アメリカ独立戦争(一七七五-七六)、フランス革命(一七八九)、ナポレオン戦争(一八〇三-一五)、神聖ローマ帝国の解体(一八〇六)、ウィーン会議(一八一四-一五)、フランスの七月革命(一八三〇)などの大きな変動が次々と起こっている。

そうした大変動の時代、ドイツがまだ国民国家として統一されておらず、プロイセン、オーストリア、バイエルンなどドイツ人の諸邦が乱立した時代、にもかかわらず近代ドイツ文学が確立しつつあった時代に、「市民」の生成と「人間(性)」の変容を、作品を通して総合的かつ深層まで掘り下げて呈示したからこそ、ゲーテは、普遍性を体現した偉大な作家と見なされるようになったのである。

具体的な章立てとしては、第一章と二章で、一般には恋愛小説として読まれている『若きウェルテルの悩み』と『親和力』(一八〇九)において、市民の自己意識や相互の関係性、世界観がどのように描き出され、そこに「文学」がどのように係わっているか考察する。第三章と四章では、『ヴィルヘルム・マイスターの修業時代』と、その続編である『ヴィルヘルム・マイスターの遍歴時代』(一八二九)に見られる市民的自己形成と、それを表現するジャンルとしての「教養小説」の意義について考える。第五章と六章で、『ファウスト』を主たる素材とし、『タウリス人のイ

1　ルソーについては、拙著『今こそルソーを読み直す』(NHK出版)を参照。

フィゲーニエ』も部分的に参照しながら、貨幣を媒介とした近代化の過程における、「人間性」と「文学」の変容がゲーテの眼にどのように映ったか考察する。

教養としてのゲーテ入門　目次

はじめに　3

第一章　ウェルテルの「悩み」とは？　17

『若きウェルテルの悩み』はどのような小説か
教養市民ウェルテル　ウェルテルの身分意識　身分の壁
貧しい人達へのまなざし　「自然」と「社会」と「革命」
エディプス・コンプレックス？　青年の妄想を描く文学

第二章　人間関係における「親和力」とは　53

『親和力』はどんな小説か　自らに呪いをかける人間
親和性の法則　作品としての日記：自己のエクリチュール
「仲介者」の残酷さ

第三章　「教養小説」における「教養」とは　91

『ヴィルヘルム・マイスターの修業時代』はどんな小説か
市民社会と演劇　演劇の経済学　演劇の現実
市民社会における選択とハムレット：近代人の自意識
修業の終わりと「塔」の結社

第四章　諦念の文学　137

ヴィルヘルム・マイスターは何のために「遍歴」するのか
絶望と悟りの中間状態：ヤルノとの再会　教育州の理想
アメリカという希望（？）　フェーリクスの恋

第五章　近代の悪魔　173
戯曲『ファウスト』は何をテーマとしているのか
錬金術と近代科学　ワルプルギスの夜
地下の富と紙幣と文学　紙幣の魔力
悪魔を〝欺く〟宗教

第六章　ファウストが見出したもの　205
「母たち」の脅威　古代のワルプルギスの夜
ファウストの挫折
〝自然〟を手に入れるために「自然」を破壊する
野蛮を利用する文明　文明の根源

終　章　ゲーテに何を期待すべきか　233
不可解なキャラクター　ゲーテのどこがすごいのか
ゲーテと日本人
あとがき　249

教養としてのゲーテ入門

「ウェルテルの悩み」から「ファウスト」まで

第一章　ウェルテルの「悩み」とは？

『若きウェルテルの悩み』はどのような小説か

『若きウェルテルの悩み』（一七七四初版、八七改訂版）は、ウェルテルという若者が主として友人ヴィルヘルムに宛てて書いた一連の書簡という形で書かれている。途中で、編者として想定される人物によるコメントも挿入されている。いわゆる、書簡体小説である。

物語全体を見渡して、第三者的に淡々と語る語り手を設定する通常の小説に比べて、「書簡」という形式は、書き手として想定される人物の感情の激しい動きを表現しやすいとされている。あまり親しくない相手に対する手紙では、感情を抑えてありきたりのことだけ書く人が、ごく親しい相手や、わだかまりがある相手に対して、自分の本音、激情を抑制することなくさらけ出すことがある。そうやって書いているうちに、自分の内でさらに感情が高ぶったり、逆に、途中で覚めてしまって、最初と最後で矛盾が生じたりする。書簡体小説は、そうした効果を演出し、読者に手紙の受け取り手になったかのような印象を与えることができる。また、それぞれの手紙の間に一定の時間的間隔を設定して、いつのまにか主人公の気持ちが変化していたことを演出したり、ゲーテが実際にやっているように、時折、編者あるいは中立性を装った語り手に介入させることで、(手紙の書き手の感情の動きに引っ張られがちな)読者に、手紙の書き手から距離を取り、第三者的に捉え直すきっかけを与えることもできる。

この形式の文学が成立するには、郵便制度の発達によって、少なくとも読者として想定される階層が、たびたび書簡を交換していることが前提になる。そうでないと、読者にとってリアリティがない。公衆が利用できる郵便制度が整備されるのは、一七世紀後半以降のことである。また、現代のように、携帯電話、メールやラインなどの電子媒体ですぐに意志伝達することができる状態になると、普通の人の生活における書簡の比重は低下し、友人や恋人への手紙の中でだけ感情を吐露するというのは稀になっている。二一世紀に入ってケータイ小説と呼ばれる、携帯電話が媒体であることを前提とした小説が登場している。その意味で、書簡体小説は近代的ジャンルである、と言える。手紙は、初期近代において、遠い所に住む家族、友人、恋人との私的関係を維持するための主要な媒体だったのである。

書簡形式の小説が西欧で流行るきっかけになったのは、貞淑な女中が好色な主人を改心させて、彼と結婚するまでを描いた、サミュエル・リチャードソン(一六八九－一七六一)の『パミラ』(一七四〇)と、様々な悲劇に見舞われ、死に至る貞淑な女性の生涯を描いた、同じくリチャードソンの『クラリッサ』(一七四八)である。同じく書簡形式の小説で、いわゆるプラトニック・ラブと、理想の共同体をテーマとした、ルソーの『新エロイーズ』(一七六一)は、一八世紀最大のベストセラー小説となった。その自然描写と恋愛感情を絡めて描く手法は、『ウェルテル』を始め、後の恋愛小説に強い影響を与えることになる。ドイツ語圏では、周囲の人達の悪意にもてあそばれながらも美徳を守って生きようとする女性を描いたゾフィー・フォン・ラロシュ（一七三〇－一八〇七）の『シュテルンハイム嬢の物語』（一七七一）が最初の試みである。その三年後に刊行された『ウェルテル』は、片思いの相手に夢中になった若者の感情の高まり、不安定さを書簡体の特性を生かして巧みに表現することによって、ドイツ語圏だけでなく、英国、フランス、イタリアなどヨーロッパ中で大きな反響を呼び、各国の文学に影響を与えることになった。この小説の刊行の直後、主人公ウェルテルをまねた仕方で自殺する若者が続出した。それに因んで、現代の社会心理学やメディア論では、有名人の自殺報道の後に、それをまねた自殺者が続くことを、「ウェルテル効果 Werther-Effekt」という。

物語は、家族の元を離れて、新しい土地で生活を始めたウェルテルが、舞踏会である法官の娘シャルロッテと知り合い、彼女に婚約者がいると知りながら恋に落ちて行く、というある意味ありふれた設定である。シャルロッテのもとをたびたび訪れるようになったウェルテルは、彼女の幼い弟や妹たちになつかれ、彼女自身からも好意をもたれるが、彼女の婚約者アルベルトがその土地にやって来たため、その土地を去る——ここで前半の第一部が終わる。別の土地にやって来たウェルテルは官職に就いて、公務に没頭しようとするが、同僚たちの俗っぽい出世欲や儀礼への拘りに我慢ができず、伯爵家に招かれた際に侮辱を受けたのを機に退官する。いろんな所をさまよった後、シャルロッテのいる土地に戻ってきたが、既に結婚していたシャルロッテとアルベルトは彼を思ったほど歓迎してくれず、よそよそしい態度を取る。彼がシャルロッテへの思いに悶々としている内に、彼の旧知の作男が、自分の主人の未亡人への思いから殺人を犯すという事件が起こる。作男に自分を重ね合わせたウェルテルは作男を弁護しようとするが、アルベルトと、シャルロッテの父親である法官に撥ね付けられる。これがきっかけで彼は自殺を決意する。彼はアルベルトのピストルを借りるために少年を使いにやる。アルベルトの傍らでその用件を聞いたシャルロッテは事情を察し、ショックを受けるが、どうすることもできず、黙ってピストルを使いの少年に渡した。ウェルテルはそのピストルがシャルロッテの触れたものであることに感激し、彼女のために自殺することを彼女宛ての遺書に記して、深夜十二時の鐘とともに筆を置き、自殺を決行する。

　この小説は、ゲーテ自身の経験をベースにしていることが知られている。神聖ローマ帝国の帝国自由都市であったフランクフルト（・アム・マイン）に生まれたゲーテは、ライプツィヒ大学やシュトラースブルク大学で法律を学ぶ。シュトラースブルク大学在学中、シュトラースブルクに近いゼーゼンハイムの牧師の娘フリーデリケ・ブリオンに恋するが、博士の学位を得て、フランクフルトに帰ることになり、彼女とは別れることになる。フランクフルトで弁護士を開業するが、フリーデリケへの自責の念や文学への関心などから、仕事に身が入らず、父親の意向で、帝国最高法院で法律実務を学び直すべく、フランクフルトに近い帝国自由都市ヴェッツラーに赴く。ここでシャルロッテのモデルになるシャルロッテ・ブッフと、アルベルトのモデルになるその婚約者ケストナーに出会う。シャルロッテにいろいろなアプローチを試みたが、婚約者から奪うこ

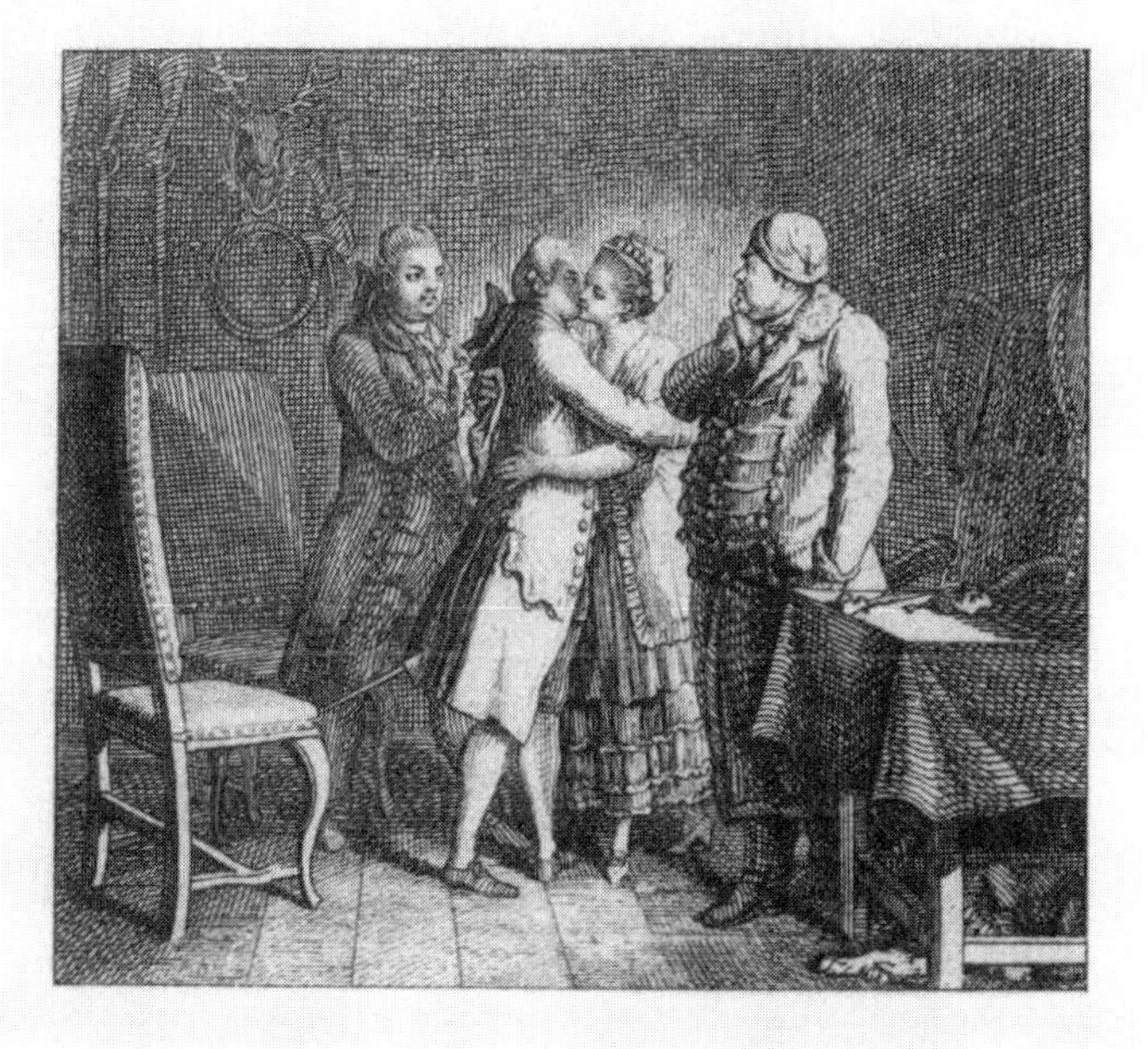

『若きウェルテルの悩み』の挿絵（ダニエル・ホドヴィエツキ画）

とができなかったため、誰にも告げずヴェッツラーを去ってフランクフルトに戻る。フランクフルトに戻ったところで、ヴェッツラーで友人になった法学者カール・イェルザレム（一七四七－七二）の自殺を知らされる。しばらくして、中世の騎士ゲッツ・フォン・ベルリヒンゲン（一四八〇－一五六二）を主人公にした戯曲『鉄の手のゲッツ・フォン・ベルリヒンゲン』（一七七三）を自費出版して、評判になり、その翌年に『ウェルテル』を発表して、作家としての名声を確立する。

この流れを、『ウェルテル』の書簡の日付と比較してみよう。シュトラースブルクに移ったのは七〇年三月、フランクフルトに戻ったのが七一年八月である。ヴェッツラーに滞在するのは、七二年五月から八月までで、イェルザレムの自殺は同年の十月である。『ウェルテル』は七一年五月付けの手紙で始まり、九月にウェルテルがロッテのいる町を去ることになる。新たな町に移ってからの第二部の始まりが七一年十月の手紙で、彼が自殺するのが、七二年の十二月二十二日から二十三日へと日付が変わる瞬間である。つまりシュトラースブルクでのフリーデリケとの別れから、フランクフルトでイェルザレムの自殺を知った少し後の時期までに、『ウェルテル』の物語は対応している。

こうしたパラレルな関係からすれば、ウェルテルの見方や振る舞いには、ゲーテ自身のそれが反映していると考えられる。

教養市民ウェルテル

ゲーテは『ウェルテル』の成功で作家として著名になり、ザクセン・ワイマール公国の君主カール・アウグスト公に仕えて、貴族に叙せられたが、元々はフランクフルトの裕福な市民の家の出である。彼の名前は、本書の「はじめに」のように、ヨハン・ヴォルフガング・フォン・ゲーテ（Johann Wolfgang von Goethe）と表記されることが多いが、貴族であることを示す「フォン」が名字の前に付いたのは、八二年に貴族に叙せられて以降のことである。父方の曾祖父は蹄鉄工であったが、祖父は裁縫職人として各地を放浪した後、フランクフルトに定住して市民権を獲得し、旅館経営と葡萄酒の商売で大きな財をなす。母方は法律家の家系で、母方の祖父はフランクフルトの最高の官職である大法官（Schultheiß）を務めている。ゲーテの父も法律を学び、市の要職に就こうとしたがうまくいかず、帝国顧問官という名目的な肩書を買い取った後は、仕事はせず、父親の遺産からの収益で生活するようになる。先に述べたように、ゲーテはその父の意向で法律を学び、実務職を目指す。ゲーテの分身であるウェルテルも、友人ヴィルヘルムや以前から面識のあった大臣の推薦で、自分の属する領邦国家から（別のドイツ語圏の）国家へ派遣される公使の下で働く官吏の仕事にごく短期間ではあるが就いている。

小説の中で辞職を決意したウェルテルはその時の心境について、七二年三月二十四日付けのヴィルヘルムへの手紙で以下のように述べている。

宮廷に退官を申し出た。おそらく聴き届けられようかと思う。あらかじめ君たちの許しをえなかったのは申し訳ないが、どのみちここにはいられないし、それに君たちがぼくに思いとどまらせようとして何かといってくれるだろうことも、すっかりぼくにはわかっているし、それに――おふくろにはよしなに話をしておいてくれたまえ。ぼくは自分で自分の始末がつかないのだから、おふくろの面倒が見られなくても、きっと許してくれるだろう。むろんおふくろは悲しむだろう。なにしろ息子が枢密《すうみつ》顧問官や公使を目ざしてまっしぐらに踏み出した美しいコースが今度みたいに突然中断されて、子馬はもとの厩《うまや》に逆戻りというわけだから。（高橋義孝訳『若きウェルテルの悩み』新潮文庫、二〇一〇年、一二一頁）

ウェルテルが官吏として順調に出世することに母親が強い期待を抱いており、その期待を裏切るのを心苦しく思っていることが窺える——母親のことに言及する形で、ウェルテル自身の内にある多少の未練を告白していると見ることもできる。ここから日本人の読者は、現代日本にもよくいそうな、教育ママを連想するかもしれない。しかし、これに続く、四月十九日付けの手紙で、「おふくろが大臣に頼みこんで、ぼくの計画の邪魔をしやしないか」と心配していた、というウェルテルの述懐からすると、彼女は国家の上層部にコネを持つ、それなりに身分の高い人のようである。

ウェルテル自身も、上司である公使を跳び越えて、大臣に私信を送り、自分の気持ちを伝えている。また、勤務地で伯爵（Graf）や侯爵（Fürst）といった爵位のある人達と交際している。そうした関係からすると、彼も貴族階級か、それに近い身分の人であるように思える。ただ、手紙の中で彼は、それらの交際相手を名前ではなく、爵位で呼んでおり、そういう高貴な人たちと交際できることを誇りにしているように見える。貴族であるとしても、最上層の貴族ではなさそうだ。少し後で見るように、ウェルテルは、その他いろんな場面で身分の上下をかなり意識している。それを意識してしまう自分自身と葛藤しているようにさえ見える。彼は、身分的に微妙な所に位置しているようである。

作者ゲーテ自身に即して考えると、ウェルテルは、一八世紀後半からドイツの諸邦で台頭してきた「教養市民層 Bildungsbürgertum」と呼ばれる階層に属すると考えられる。「教養市民」というのは、弁護士、裁判官、官吏、牧師、ジャーナリスト、教授、医師、薬剤師など、一定の学識・資格を習得していることによって、社会的地位と収入を得ている層である。

中世のヨーロッパにも「市民」と呼ばれる人たちはいたが、それはフランクフルトのような、封建領主の支配から相対的に自由な地位を保障された、自由都市の市民権を持ち、市政に参加していた人たちである。その多くは、ギルド（商工業者組合）のメンバーであった。ゲーテの祖父はその古い意味での「市民」であった。近代に入って商工業が飛躍的に発展するようになると、旧来の意味での「市民」の範囲を超えて、都市に居住し、商工業に従事する人々が増大した。中央集権的な絶対主義国家の近代化政策――法と貨幣の統一、公共事業等――は、当初は、新しい「市民」たちの経済活動にとって有利だったが、やがて、より大きな自由を求める彼らの要求と対立するようになる。彼らは、専制的支配を続けようとする絶対君主に抵抗し、「市民革命」を起こした。英国の清教徒革命（一六四二－四九）、名誉革命（一六八八－八九）、アメリカ独立戦争、フランス革命などである。

英国やフランスと違って、統一的な国家（国民国家）がなかなか成立せず、商工業の発展も遅れたドイツでは、商工業に従事し経済的自由の拡大を強く求める市民よりも、「教養市民」たちが社会の指導的な勢力になった。国家からの自由を求める傾向が強い、英米の市民に比べて、官吏や教師として国家に仕える者が多いドイツの教養市民は、国家組織への依存度が強く、組織の枠内での出世を図ろうとする。ゲーテは、初期の教養市民層出身であり、この階層を代表する作家であると言える。[2]

2　『ウェルテル』に見られるゲーテと教養市民層の関係について詳しくは、坂井栄八郎『ゲーテとその時代』（朝日新聞社、一九九六年）、特に第七章を参照。

先祖の資産と社会的ステータスのおかげで、ゲーテ＝ウェルテルは生まれた時から、市民階級の上層、貴族にかなり近いところに位置し、彼らとの交流があった。ただし本当の貴族との間にはやはり隔たりがあった。身に付けた「教養」によって官僚として立身していけば、貴族と対等になれる、場合によっては、本当の貴族になれる可能性もあった。そうした微妙な位置から社会を見たのである。

ウェルテルの身分意識

公使の下で働くことになったウェルテルは、自分の周囲の人々――貴族もしくは自分と同じような立場の市民（教養市民）――の立ち居振る舞いに関してかなり批判的な姿勢を見せている。

それから、ここでお互い同士ながめ合っている忌《いま》わしい連中のうわべだけきらびやかな悲惨、退屈さ加減ときたら、一寸でも五分でもひとの上へ出ようとして虎視《こし》眈々《たんたん》とねらっている彼らの位階欲、まったくむきだしの最もあわれむべき最もあさましい欲念。たとえばある女など、いつも自分の高い家柄やお国自慢をひけらかしている。だから知らない人は、そればかりの家柄や生れた国の評判をまるで貴重品みたいに思いこんでいるとは、ばかな女もあるもんだと思わざるをえないのだが――どうしてどうして、それどころか、その女たるやついこの付近の書記の娘なんだよ。――どうだ、君、こんなに下劣な恥さらしができるほどに分別の浅い人間どもはぼくの理解しがたいものなんだ。

いうまでもなく自分の物さしで他人を計ることの愚はぼくも次第に認めつつある。そうしてまた、ぼくは自分自身を持てあましているくらいだし、この心臓もこんなに荒々しくうっているんだから、――連中がぼくに干渉しさえしなければ、ぼくは喜んで連中にはしたい放題のことをさせておこうよ。（前掲書、一〇六頁）

この言い分を聞いていると、読者は、いかにも現代日本にいそうな、生意気で独善的な、いいとこのお坊ちゃんっぽいエリート学生あるいはエリート新入社員を思い浮かべるだろう。「家柄」――原語の〈Adel〉は貴族を意味する――やお国自慢をひけらかしている人を冷ややかに見るのはいいとして、このウェルテルの口調は明らかに、周囲の人たちを浅ましい俗物として描くことによって、それとの対比で、そういう価値観に染まっておらず、身分を超越した自分の意識の高さを暗示している。ウェルテルに感情移入することなく、第三者的に見れば、他人をダシにしてそういうアピールをする彼もまた、あるいは彼の方が俗物であろう。そもそも、出世や世間体など気にしないのであれば、どうして公使付きの外交官になったのか？　母親や友人に逆らえなかったのか？　逆らえないで、流されて職に就いたのだとすれば、親や周囲の意見に逆らえない優柔不断な人間である。どちらにしても、自慢できるような生き方ではない。

特に性悪に見えるのは、書記の娘に対する酷評である。その女性が実際に勘違いして、自分の家柄が高いと思い込んで自慢するイタイ奴だとしても、その身分が実はそれほど高くないことを、関係のない友人に暴露してバカにするのが、高貴な人格の人間がやることだろうか。高貴な人間が、そういうイタイ人間の行為をいちいち気にするだろうか。こうした言動は、ウェルテル自身が実は身分や体面に拘っていること、まともな人間であればどう振る舞うべきかよく分かっていないことを示している。「自分の物さしで他人を計ることの愚」を本当に分かっているのか、と思えて来る。

先の箇所に続けてさらに、ウェルテルは身分の問題を語る。

最もぼくをいらだたせることは、この宿命的な社会事情だ。むろんぼくだって、身分の別ということは必要であり、それがぼく自身にいろいろな利益をもたらしているということは人並みに認める者だ。けれどもぼくがこの人生でまだ少々ばかりのよろこび、わずかの幸福を味おうとするときだけは、身分のちがいなんぞにその邪魔をされたくない。最近散歩に出た折、フォン・B……嬢というひとと知り合いになった。このぎごちない世間に生きていても、ひどく素直なものを持っている人だ。いい人だよ。話をしているうちに意気投合してね、別れぎわに一度おたずねしてもよろしかろうかといったら、どうぞどうぞ、というわけでその折を待ちきれなかったくらいだ。この土地の人じゃない。叔母さんのところに住んでいる。この叔母さんの顔つきは気に入らない。ぼくはせいぜいこの叔母さんなるものに敬意を表して、おもに話をそっちへ向けた。三十分たらずの間にぼくはかなりのことをそれと見てとったが、あとでB嬢自身の口から聞き知ったことと大体合っていた。あの年で万事につけて不如意なんだそうだ。しかるべき財産もなし、才覚もなし、先祖の系図以外には頼るものもなし、自分が立てこもっている身分以外には保護もなし、二階に陣取って下を歩いている平民どもの頭を見下す以外には何のたのしみもなしというわけなんだ。（前掲書、一〇七頁以下）

自分自身も「身分 Stände」の恩恵を受けていることを認めた点でウェルテルは、先ほどよりは少し冷静に自分を見つめているように思える。しかし、「身分のちがいなんぞに邪魔されず」に付き合えるはずの相手を、「フォン・B嬢」と呼んでいる時点で、やはり身分を意識しているのではないかとの疑問が湧いてくる。特にB嬢の叔母に対する辛辣さは異様な感じさえする。B嬢のいい所以上に、この叔母の悪い所ばかりを気にしている。「二階に陣取って下を歩いている平民どもの頭を見下す以外には何のたのしみもなし」、というのは、ウェルテルの偏見に基づく想像でしかないだろう。

加えて、「しかるべき財産もなし、才覚もなし、先祖の系図以外には頼るものもなし」という言い方は、実力を持っていないがゆえに落ちぶれた貴族を侮蔑する、新興の市民階級のプライドを反映しているように見える。貴族の仲間のような顔をして〝内部〟批判をしたかと思うと、都合のよい時だけ、社会の主役としての自負心を強めている市民階級のまなざしで、貴族をバカにする。実に身勝手である。

今引用した箇所の冒頭に出て来る「宿命的な社会事情」の原語は、〈die fatalen bürgerlichen Verhältnisse〉であり、「市民 Bürger」の形容詞形である〈bürgerlich〉が使われている。文脈からすると、この場合の〈bürgerlich〉は、身分としての「市民」をはっきり指しているわけではなく、訳のように、(ゲーテのような市民たちも拘束されている)社会的な諸関係(Verhältnisse)におけるしきたり、というような、漠然とした意味合いで使われているように思えるが、「身分」が問題になっている文脈だけに少し気になる言葉である。話の繋がり具合からすると、貴族等も含む相対的に社会的地位の高い人たちにとっての社会的関係性が問題になっているように思えるが、グリム兄弟(ヤーコプ〔一七八五—一八六三〕、ヴィルヘルム〔一七八六—一八五九〕)によって編纂が始まった『ドイツ語辞典』(一八五四—一九六〇)の〈bürgerlich〉の項を見ると、第一の意味として、〈plebejus, gegensatz zu edel und adellich(〈edel〉あるいは〈adellich〉に対立する意味で〈plebejus〉)〉と記述されており、その用例として、『ウェルテル』の先ほどの表現が引用されている。〈edel〉と〈adellich〉は、いずれも英語の〈noble〉と同じ様に、「気高い」とか「高貴な」「貴族の」といった意味で使われる。「平民」を意味するラテン語の〈plebes〉から派生した形容詞〈plebejus〉は、その逆に、「庶民の」とか「卑俗な」「野卑な」といった意味である。そうしたことを念頭において少し深読みすると、ここでの〈bürgerlich〉は、貴族を含んだ高貴な人たちの社会であるはずなのに、庶民(市民)のように下卑ている、というアイロニカルな意味で使われているのかもしれない。

身分の壁

三月十五日付の書簡では、そうした身分をめぐるアイロニカルな事態が一気に表面化したことが見て取れる。ウェルテルは、フォン・C伯爵の家の昼食に招待される。その夜、伯爵の家では、

「身分の高い人ばかりの集まり die noble Gesellschaft von Herren und Frauen」が開かれることになっていた。ウェルテルは、それは、自分たちのような「下級の者 Subalternen」には不似合いな場だということに当初気づかなかった、という。伯爵に引き留められたので、そのまま居続けたら、次第に、いかにも高慢な感じのフォン・S夫人とその夫、F男爵、職掌上フォン付きで呼ばれている宮中顧問官のRなどが集まって来る。ウェルテルは、彼らの内にフォンB嬢を見つけて、彼女に話しかけるが、彼女はいつもと違ってよそよそしい感じで、迷惑そうにさえ見える。他の人達も、彼とはあまり話したくないようである。

やがて、女たちが広間の片隅でこそこそ話を始め、そこに男たちも加わる。そして、伯爵がウェルテルに近づき、窓の近くにつれていって、事情を打ち明ける。

「君もご承知だろう、われわれの妙なしきたりをね。どうやらお集まりのお客様方には、君がここにおられるのがお気に召さぬらしい。わたしはけっしてなんとも」――「閣下」とぼくはみなまでいわせず、「幾重にもおわび申し上げます。まことにうっかりしておりました。しかし閣下はこのうかつをお許しくださるだろうと存じます。もっと早く失礼申し上げようと存じておりましたのに、どうした風の吹きまわしかついつい長居つかまつりまして」ぼくは微笑しながらこういい添えて、おじぎをした。――伯爵はぼくの手を握った。伯爵の心は十分ぼくに通じたわけだ。ぼくはこのお上品な集会をそっと抜け出し、一頭立の馬車をM……に走らせて、丘に登って沈んで行く太陽をながめ、ホメロスを開いて、オデュッセウスがすぐれた豚飼いの

もてなしを受ける見事な詩節を読んだ。すべてすばらしかった。（前掲書、一一七頁）

ウェルテルが精一杯見えをはって、自尊心を保とうとしているのは明らかだろう。この手の嫌な目にあって、〝上流のお高くとまった人達〟が嫌いになった記憶のある人は、現代日本にも少なくないだろう。しかも、当時のドイツには、貴族と市民の間にはっきりとした身分の壁があった。その壁はかなり相対化され、ウェルテル＝ゲーテは市民の側の最上位にいたわけだが、壁がまだあることに変わりはない。壁の向こう側と行き来することを許されているだけに、拒絶されることのショックは大きいはずである。

「伯爵はぼくの手を握った。伯爵の心は十分ぼくに通じたわけだ」という箇所は意味深である。原文は、〈Der Graf drückte meine Hände mit einer Empfindung, die alles sagte.〉となっている。直訳すると、「伯爵はぼくの手を握った、ある気持をこめて。それが全てを語っていた」となる。伯爵の気持ちをウェルテルはどう解したのか。好意的に取れば、善意の伯爵が、うかつにもウェルテルを傷つけてしまったことを本当に申し訳なく思っているということだろうが、悪く取ると、上流社会のしきたりはいかんともしがたいことを改めて実感し、ウェルテルに別れを告げようとしているように見えなくもない。恐らくウェルテルは、後者が混じっていると知りながら、前者のつもりで好意的に受け止めるべきだと自分に言い聞かせたのだろう。

乞食の姿をして二十年ぶりに帰国したオデュッセウスを、忠義心の強い豚飼いが主人としらないまま歓待した、という『オデュッセイア』の中の——今の自分に何となくオーバーラップする

——エピソードを読んで、「すべてすばらしかった」、と自分に言い聞かせるというのは、いかにもわざとらしい。思い込みの強い文学青年が、主人公に自分を重ね合わせることで、自分の現実の境遇を美化しているだけである。これも、現代でもよく見かける行為である。深読みすると、ゲーテは、自分のこの作品も含めて、文学作品がそういう安っぽいカタルシスの道具として利用されやすいものであることを暗示しているのかもしれない。

その後、夕食を取るために行きつけの料亭に行った彼は、その噂が既に広まっていることをアーデリンという知人から知らされ、それでその料亭にいる連中が自分をじろじろ見ていたのだと気付き、血が逆流したような怒りを覚える。みんなに同情されたり、普段頭のいいことを鼻にかけて偉そうにしているのにいいきみだと思われたりしているのだと思うと、ウェルテルは余計に惨めになる。この十五日付の手紙の最後に、ウェルテルは強がりを捨てて、本音を明かす。

なるほど独立不羈《ふき》の精神なんてことをいうにはいうが、自分たちの有利な地位を利用する卑怯《ひきょう》なやつらに何だかだいわれて我慢していられる人がいたらお目にかかりたい。そのおしゃべりが根も葉もない場合なら、聞き流してもいられようがね。（前掲書、一一八頁）

この件を通して、自分の自尊心や身分への拘りが周囲の人たちから見抜かれた（かのように思える）ことがウェルテルにとっては耐え難いわけである。翌三月十六日付の書簡では、アーデリンから聞いたのと同じことをフォンB嬢からも聞かされた、と報告している。彼の内に再び怒りの記憶が蘇る。空気が読めない彼女は、彼との交際のことをかねてからよく思っていなかった叔母から、あの後、いろいろ悪しざまに言われ、辛く思ったことなど、彼が聞きたくないことを延々と語り続ける――この手の女性は、やはり現代日本にも結構いそうである。善意で真相を語られて、彼はさらに深く傷付き、怒りはさらに高まる。

ヴィルヘルム、こういうことを真心こめた声で彼女の口から聞くというのは――ぼくはやられた。今でもまだ胸が煮えくり返る。いっそ誰かが面と向ってぼくを非難してくれたらいい。そうしたらぼくは相手の胴腹に刀をぐさりと突き刺してやる、血を見たらぼくの気持もいくらか納まるだろうとさえ思った。実際ぼくは何度短刀を握ってこの苦しい胸を楽にしようと思ったかしれない。種のいい馬ははげしくせめられると、息を楽にするために本能的に自分の血管をかみ破るということだ。ぼくもたびたびそんな気になる。血管を切り開いて、永遠の自由をえたいと思うのだ。（前掲書、一二〇頁以下：一部改訳）

ウェルテルの中で自尊心が空回りし、ロッテに対する二度目の失恋の以前から、かなり不安定な状態になっていることが見て取れる。しかしその一方で、依然として、「永遠の自由をえたい」というような抽象的な台詞によって、自分の置かれている状態を美化しているようにも見える。この件がきっかけで、ウェルテルは先に見たように職を辞し、この地を離れて、再びロッテに対する思いを募らせていく。

このようにウェルテルは、大人として自立できないまま、過剰な自尊心をもてあます青年の不安定さと、封建制社会から市民社会への移行期における教養市民層の身分の不安定さという、二重の不安定さを抱えた主人公である。不安定さというと少し恰好よく聞こえるが、自分が否定しようとしているものに実は自分自身が拘っているという意味での不純さゆえに、次第に増幅されていく不安定さである。

『ウェルテル』は一般的には、一八世紀後半のドイツ文学の「疾風怒濤 Sturm und Drang」と呼ばれる潮流の代表的作品と見なされている。「疾風怒濤」は、理性的な秩序や規律を拒絶し、情念に身を委ね、自由に生きようとする、主として若者の姿を描くことを特徴とするとされている。『ウェルテル』は、大筋においては、確かにそういう作品であるが、これまで見てきたように、主人公は決して純粋ではない。上流社会の虚飾を糾弾しながら、そこに受け容れてもらえない自分の境涯に悲憤慷慨し、そのことを「文学」で糊塗しようとする。そうした〈bürgerlich〉なものの俗悪さを自らの体内に宿しながら、自らの本性の一部とも言うべき、その俗悪さを否定しようとするので、どうしても、その言動が矛盾してしまう。彼が否定しようとする社会は、彼自身の内にあり、そのことは自分でも分かっている。そうした矛盾した若者の内面世界を描き出す方法を確立したという意味で、ゲーテはやはり偉大な市民的作家であろう。

貧しい人達へのまなざし

貴族や自分と同じような上層の市民に対して厳しい眼を向ける一方で、ウェルテルは、自分よりも身分が低い人に対してはやさしいまなざしを向ける。作品の第一部、新しい土地に引っ越してきてまだまもない時期の手紙では、次のように述べられている。

もう顔馴染《かおなじ》みができた。身分の低い人たちだが、みんなぼくを好いていてくれる。ことに子供たちはね。最初ぼくが連中の間へ割り込んでいって、なれなれしくなにやかやとものを尋ねると、ぼくがからかっているんだと思った者もいて、ひどくそっけなくあしらわれたが、ぼくはそんなことではしりごみしなかったんだ。今までにも幾度か感じたことだったが、今度もつくづく思ったね、つまり多少身分のある連中は、いつだって下層の人たちとの間に距離を置いて冷然と構えている。近寄ったら損をするといった具合なんだね。ところがまた一方には、身分の低い人たちに自分の尊大さを一段と強く感じさせようという魂胆から、わざとへりくだって見せるような不届き者やたちのわるいいたずら者がいるのだ。

むろんぼくらは平等じゃないし、平等でありうるわけのものじゃないが、それにしたところがぼくをしていわしむれば、尊敬されるためにはいわゆる下層民から遠ざかっているにかぎると思いこんでいる手合いは、負けるのをおそれて敵にうしろを見せる卑怯者と何の選ぶところもないではないか。（前掲書、一一頁以下）

この場面でのウェルテルは、一見「身分の低い人たち」と仲好くなることのできる良い人のように見える。しかし、よく考えてみると、彼は、自分と彼らの間に身分の壁があることを前提にしたうえで、いわゆる、上から目線で、彼らに理解のありそうな態度を示そうとしている。身分的にゆとりのある者の、自己満足であるようにも思える。しかも、他の「多少身分のある連中Leute von einigem Stande」と、自分を比較して、彼らよりも自分の方が、「身分の低い人たち」と付き合えることをアピールしようとする、嫌味な感じも見られる。ダシにされている「身分の低い人たち」は、まるでアンタッチャブルなならず者か獣扱いである。

さらに言えば、この箇所で彼は「身分の低い人たち」を意味する言葉を四回使っている。訳からだと分かりにくいが、原文ではそれぞれ異なった表現である：〈Die geringen Leute〉〈cas gemeine Volk〉〈das arme Volk〉〈das so genannten Pöbel〉。いずれもほぼ同じ表現であるが、少しだけコメントしておこう。〈gering〉という形容詞は「身分の低い」という意味の他に、「卑しい」という意味もある。〈gemein〉は「一般の」「普通の」という意味の他に、やはり「卑しい」という意味もある。〈arm〉は英語の〈poor〉とほぼ同義で、「貧しい」と共に「哀れな」という意味でも使われる。〈Pöbel〉という名詞は、「下層民」という一般的な意味の他、「賤民」とか「暴民」といったかなりネガティヴなニュアンスで使われることもある。いずれにしても、かなりしつこくネガティヴな言葉を使っている。

引用した箇所の後で、ウェルテルは泉の前で水汲みをしている女中さんを手伝ってやったら、顔を真っ赤にした、というエピソードを述べているが、これはかなり鼻につく庶民派アピールだろう。

このようにウェルテルが、素朴な貧しい人達にアプローチできる自分を自慢する背景には、

「自然状態 l'état de nature」に生きる、飾り気がなく、いかなる「不平等」も知らず、共感によって相互に結び付く「野生人」を美化する、ルソーの『人間不平等起源論』に由来する思想の影響があるのかもしれない。「野生人」は、社会の中に生き、外的な慣習に縛られる「市民＝文明的な人間 l'homme civil」とは対極にある人間像である。ハンナ・アーレント（一九〇六－七五）は『革命について』（一九六三）の中で、フランス革命を指導したロベスピエール（一七五八－九四）たちが、ルソーの影響で、社会的弱者を、「野生人」に重ね合わせるかのような見方をしていたことを指摘している。そうした意味でのルソー的な発想の影響があると考えると、進歩的な思想に触れてのぼせ上った感じのウェルテルが、現実の社会において自分と彼らが「平等 gleich」でないことをわざわざ強調したがるのも、それなりに納得がいく。東大などの頭でっかちの学生が、自分たちとは異質な世界の住人である貧しい肉体労働者とかアウトローな人たちとの交流を自慢したがるのに似ているような感じがする。

現代であれば、自分の純情さや勇気をアピールするために「身分の低い人」を引き合いに出すような振る舞いは、批判されるだろう。フランスの現代思想の旗手であったデリダ（一九三〇－二〇〇四）は、野生人をめぐるルソーの言説と、文化人類学者レヴィ＝ストロース（一九〇八－二〇〇九）のフィールドワークにおける未開人に対するまなざしを対比して、西欧文明にとっての「他者」を実体化して表象することをめぐる問題を指摘している。勝手に、〝非文明的な他者〟にされた人たちにとってはいい迷惑である。ウェルテルは、そうした現代思想でテーマ化されるような矛盾を、ごく素朴な形で体現している若者なのである。

「自然」と「社会」と「革命」

五月二十六日付けの書簡の以下の箇所には、ウェルテルの「自然状態」における自由への憧れがはっきり現われているように見える。

無限に豊富なのは自然だけだ。自然だけが大芸術家を作り上げるんだ。市民社会を賞賛できるように、規則擁護論はむろん可能だし、規則に従って人間は決して没趣味なものやまずいものをこしらえはしない。ちょうど法律や作法によって身を律する人間が、絶対に不愉快な仲間だったりひどい悪者だったりすることがないようにね。しかしその代りに規則というものはどんなものだって、自然の真実な感情と真実な表現とを破壊するものなんだ。これは明白だ。（前掲書、二〇頁）

ここで「市民社会 die bürgerliche Gesellschaft」と言われているのは、現代の社会思想史や政治哲学で「市民社会」と呼ばれているものと違って、市民たちの自由な交換・相互依存関係によって成り立っている社会でも、資本家階級（ブルジョワジー）――〈bourgeoisie〉の原義は、「市民階層」を意味するフランス語――が労働者階級（プロレタリアート）を支配する社会でもないだろう。「市民社会」がそうした特別の思想史的な意味を獲得するのは、一九世紀以降のことである。[3]

この文脈での〈die bürgerliche Gesellschaft〉は、先ほど出てきた〈die fatalen bürgerlichen Verhältnisse（宿命的な社会事情）〉と同じ様に、身分制と結び付いた様々な慣習によって人々の振る舞いが拘束されている、（ウェルテルにとっての）現実の社会というような意味合いで使われている、と見るべきだろう。少し深読みして、ルソーの強い影響があるとすると、ここでの〈bürgerlich〉には、それに対応するフランス語の〈civil〉と同じ様に、「市民的」という意味に加えて、「文明的な」とか「洗練された」という意味合いも込められているかもしれない。先に述べたように、ルソーは、「自然状態」に生きる「野生人」と、「文明（社会）状態 l'état civil」に生きる「市民」とを対置していた。そうしたルソー的な二項対立図式が前提になっているとすれば、この箇所で、「市民（文明）社会」が提供する「規則 Regeln」と、「自然」によって育まれる「真実な感情 das wahre Gefühl」や「真実な表現 der wahre Ausdruck」とが二律背反的に位置付けられ、本当は後者の方が好ましいという前提で描かれていることに納得がいく。

この箇所に注目すると、ウェルテルは、自分の「（内なる）自然＝本性」を抑圧する「（市民）社会」に必死で抵抗し、それに挫折した若者のように見えてくる。そういう読み方の典型は、ハンガリー出身の哲学者・文芸批評家で、階級意識と疎外をめぐる理論で、ドイツ語圏を中心に西欧のネオ・マルクス主義に強い影響を与えたルカーチ・ジェルジ（一八八五－一九七一）によるものである。『ゲーテとその時代』（一九四七）に収められている評論「若きウェルテルの悩み」（一九三六）で、この小説の中核にあるのは、市民革命的ヒューマニズムの問題であると指摘している。ルカーチによると、若きゲーテは、諸身分を分断する封建的階層社会が、人間的な「人格」

を全面的に発展させるうえで障害になっていることを見て取っていた。しかしゲーテは、同時に、封建制を破壊する形、形成されつつあった市民（ブルジョワ）社会は、「自由放任」の思想によって人々の自由な自己形成を後押しするように見えながら、その一方で、資本主義的な労働分業という形で「人格」の発展の新たな障害になりつつあることを見抜いていた、という。そうしたゲーテ＝ウェルテルの洞察を示すものとして、ルカーチは先ほどの、「市民社会」と「自然」を対置した箇所を引用している。

このルカーチの図式に従って読んでいけば、ウェルテルは凡ての社会的制約から自由になるべく闘おうとしたものの、「市民」という身分に依存して生きている自分自身の限界を越えられず、絶望して死を選んだ、ということになりそうだ。「身分の低い人たち」との距離感は、形成されつつあるブルジョワ社会の新たな階級構造を反映していると取れないこともない。

無論、小説の中でウェルテル自身が何かの社会運動に関与したわけでもないのに、彼の情念を革命的な理想と結び付けることに無理はある。ルカーチも、ウェルテルが革命の戦士ではないことは認めている。ただし、全く革命的な要素がないわけではない。第一部で、ウェルテルがある事情で、（恋敵である）アルベルトからピストルを借りた際、会話の流れから、自殺することの是非が二人の間で論議される。このエピソードは、第二部でのウェルテルの自殺を暗示しているが、彼はまだ具体的に自らが自殺することを考えているわけではない。

3　この概念の歴史については、植村邦彦『市民社会とは何か』（平凡社新書、二〇一〇年）を参照。

冷静なアルベルトが、自殺などというのは愚かな行為で、決して許されないことであると明言するのに対し、ウェルテルはあらゆることには例外があるとして、「法」と「情熱 Leidenschaft」の関係についての一般論を語り始める——小説のタイトルの一部にもなっている「悩み」や「苦しみ」「苦痛」を意味するドイツ語〈Leiden〉に、抽象名詞を形成する語尾〈-schaft〉(英語の〈-ship〉に相当)を付加したのが、〈Leidenschaft〉であり、ドイツ語では、「苦しみ」と「情熱(情念)」は不可分の関係にあるものとしてイメージされている。差し迫った飢えから自分自身や家族を救おうとして盗みを働いた者や、不貞な妻と下劣な誘惑者に対して正当な怒りに駆られて制裁を加えた夫などを果たして罰するべきなのか、法律も罰を差し控えるのではないか、と熱弁をふるうウェルテルに対し、アルベルトは「それとこれとは問題が別だよ。自分の情熱のとりこになって思慮分別を失った人間というものは、酔っぱらいや狂人みたいなものなのだからね」(前掲書、七七頁)と答える。反発したウェルテルは、「この世間でだって、誰かが自由で気高い意想外な仕事をやりはじめると酔っぱらいだのばか者だのって取り沙汰をするが、あれも実に聞くに堪えない。無感動な君たち、利口な君たちも、少しは恥ずかしいと思いたまえよ」(同)、とやり返す。

君は妄想で話を大げさにしているだけだ、そもそもどうして弱さによる自殺が気高い行為と一緒になるのか、と諭すアルベルトに対して、ウェルテルは次のように口走る。

弱さだと君はいうのかい。後生だから外観にとらわれないでくれたまえよ。暴君の忍びがたい軛《くびき》の下にあえぐ民衆がついに決起して鎖をちぎったとしても、君はそれを弱いというのか。家が火事になったのにびっくりしてからだ中の力がふるい起り、普段ならとてもどうにもならないような重荷をやすやす運び去る男だとか、侮辱されて怒るあまり六人を相手にしてこれをやっつけるような人だとかも、やっぱり弱いということになるのかい。（前掲書、七八頁：一部改訳）

「民衆Volk」の蜂起というのはここでは単なる譬えであるが、ウェルテルが「法」よりも「情念」が大事だと感じ、「情念」による革命を正当化するような思想を潜在的に抱いていたことだけは間違いなさそうである。ルカーチはこの箇所に、ウェルテルの革命的情熱が現われていると見ているようである。とはいっても、小説全体を読む限り、彼は社会秩序に対して感覚的に反発するばかりで、それを具体的な社会改革のための思想へとまとめることはできない。彼は自分の思想らしきものを示すことができない。それどころか、既に見たように、個人的なプライドや偏見のために独りよがりなあがきをし、勝手に挫折感を抱いているだけである。

『ウェルテル』という小説は、自己と社会を変えようと苦闘する若者を描くことで、ヒューマニズム的な理想を追求した作品というより、そうやって苦闘する自分（のイメージ）に酔って、空回りする若者の姿をアイロニカルかつ大げさに描くことを通して、現実と理想の大きなギャップゆえに、何を目標に生きたらいいのか分からなくなっている近代人の現実を可視化した作品だと見た方がしっくりくるし、そう読んだ方が面白いだろう。

エディプス・コンプレックス?

『ウェルテル』は一般的には恋愛小説として知られており、実際、恋愛をめぐる部分が大きなウェートを占め、ウェルテルの自殺の直接の原因も、ロッテに対する失恋である——ただし、既に見たように、公使付きの官吏として働いていた間は、ロッテへの片思いは、文面で見る限り、中断されていた。この側面についても検討してみたい。

ウェルテルという人物を考えるうえで、気になるのは、彼に父親がいないことである。就職に際しても退職に際しても、母親のことは気にしているが、父親のことは言及されていない。第二部での退職した後のヴィルヘルムへの手紙から、父親が既に亡くなっていることが分かる。

いわゆる、青春小説では、若者が父親、あるいはその代理の役割を果たす兄、叔父、教師、上司などと対立し、それを契機として、「父」に象徴される「社会」と対立するというパターンが、物語のベースになっていることが多い。しかし、ウェルテルには、父親のように、自己形成のためのモデルであると共に、本格的な自己実現のために乗り越えるべき対象になるような人物は見当たらない。先に見たように、親しくしてくれた伯爵との付き合いも表面的なものに終わる。父親的な人物に焦点を当てて反発するのではなく、「社会」という抽象的なものに対する怒りを表明しているような感じになっている。それが、彼の空回りの原因かもしれない。強いて言えば、恋敵であり、「(市民)社会」の理性を代表しているかのような、冷静な意見を述べて、彼を諭すアルベルトが、「父」なのかもしれない。

仮にアルベルトが疑似的な父親役を演じているとすると、ここにジークムント・フロイト（一八五六－一九三九）の精神分析で有名な「エディプス・コンプレックス」に似た図式を読み取ることができよう。「エディプス・コンプレックス」について簡単に復習しておこう。自立的な人格を確立する前の子供（特に男の子）は、母親と密着し、精神的に未分化な状態にある。しかし、自我意識に目覚めてくる中で、母親が自分だけのものではなく、父のものであることに気付く。母を取り戻したいと願うが、社会的な規範や秩序を体現する父（＝超自我）には勝てないことを思い知らされる。そこで、母に依存している自らの状態を克服し、自立した人間になろうとする。その際に不可避的に、既に自立した大人であり、規範や秩序を身に付けている父、あるいは父的な存在をモデルとしなければならない。父をライバル視しながら、同時にモデルとすることで、子供は自らのアイデンティティを獲得することになる。こうした幼児の心理的葛藤を、自分の本当の両親を知らないまま、実の父を殺し、実の母と結婚したギリシア悲劇の主人公エディプスの生涯に準《なぞら》えて、エディプス・コンプレックスと呼ぶわけである。

精神分析の厳密な意味でのエディプス・コンプレックスは三歳から六歳の幼児が体験することだが、ここでは、それが後の恋愛・人間関係を始めとする人格形成に及ぼす影響、という広い意味で理解することにしておこう。文学作品の解釈で、この広い意味でのエディプス・コンプレックスの図式が利用されることはしばしばある。エディプス・コンプレックスによる分析は便利なので、気軽に使われやすく、ゲーテの作品全般、さらには彼の人となりについても、エディプス・コンプレックスで説明しようとする試みはしばしばなされる。私はそうした何でもエディプス・コンプレックス的な視点で分析しようとする論調とは一線を画したいが、少なくとも、この小説に限っては、エディプス的な関係を想定すれば、中心的な三者の人間関係と、その中でのウェルテルの「悩み Leiden」の全体像が見通しやすくなると思う——原題は、《Die Leiden des jungen Werthers》で、〈Leiden〉が複数形になっている。

ウェルテルは、社会的な規範に反して、既に婚約者がいるロッテに対して強い恋愛感情を抱くが、ロッテの婚約者は、秩序を重んじる、立派な大人の男である。彼はその地の宮廷で相当高い地位に就くことが決まっており、宮廷の評判も高く、仕事の上でも勤勉で几帳面である。彼女の父親も、領邦君主である侯爵に「法官 Amtmann」として長く仕えた官吏であり、法と秩序を重んじる人である。ロッテの母は既に亡くなっており、彼女が母親代わりに、幼い弟や妹の面倒をよく見ている。ウェルテルはロッテの母性に魅かれているようにも見える。そうやって俯瞰すると、「父」の立場にある法官とその後継者とも言うべきアルベルトが、「母」の立場にあるロッテと深く結び付いて、幼い弟妹たちを含めた「家族」を形成しており、そこに、大人になり切れないウェルテルのような若者が入り込める余地は本来ない、という図式が見えてくる。

実際、ロッテと父親や弟妹たちとの関係は良好で、ちゃんとした家族を形成しており、アルベルトとロッテも仲睦まじそうにしている。ウェルテルは、アルベルトに会った時の第一印象について、以下のように語っている。

とにかくぼくはアルベルトにたいして尊敬を拒むことはできない。彼の落ち着いた態度は、ぼくの性格の落ち着きのなさと実に好対照をなしている。ぼくのこいつはどうにも隠しきれないのだ。もののよくわかる人で、ロッテがどういう女性であるかもよく知っているのだ。不機嫌になることもあまりないらしい。ぼくがこの不機嫌というやつをあらゆる悪徳にもまして憎んでいることは君も知っているね。(前掲書、六八頁)

アルベルトが立派な市民であり、「父」のように模範とすべき相手であることを、ウェルテルも認めている。だからこそ、余計に葛藤する。無論、アルベルトがウェルテルに対して「父」であるのは、シャルロッテを介した部分的な関係性においてであって、本当の父親のように、全人格的に指導する存在ではない。ウェルテルが別の土地にいけば、関係なくなる。ウェルテルは、ロッテとアルベルトから離れて別の土地にいる間は、このジレンマを回避することができたが、戻って来て、自分の矛盾した立場に再び向き合わざるを得なくなるわけである。しかもウェルテルがいない間に、二人は夫婦になっていた。

ウェルテルは、アルベルトは感受性に欠陥があり、彼よりも自分の方がロッテを幸せにできるはずだと妄想したりもするが、それを実行に移すべく、思い切った行為へと踏み出す勇気はない。そのうち、彼の旧知の作男が、主人の未亡人への思いから殺人を犯す事件が起こり、ロッテの父の法官が裁くことになった。作男を何とか弁護しようとするウェルテルに対し、法官は殺人犯を擁護する彼を非難し、もし彼の主張が通るようであれば全ての法律は無効となり、国家の安全は危機に瀕するので、責任者である自分としては所定の手続きを取ることしかできない、と主張した。アルベルトもそれを擁護した。

このことは、社会の秩序を維持すべき「父」の立場にいる存在と、ありのままのウェルテルが相容れないこと、彼が秩序を乱す者として排除されたことを象徴していると言える。この事件の直後、アルベルトはロッテに、ウェルテルを出来るだけ遠ざけてもらいたいと言い渡す。それによってウェルテルは完全に居場所をなくし、自殺を決意するに至るわけである。編者による解説の形で、彼の心境について以下のように説明されている。

かつて俗世間との交渉において彼がなめたいっさいの不快事、公使館勤務での憤慨、その他彼が失敗したことのすべて、かつて受けた侮辱、そうしたことすべてがウェルテルの心の中を浮きつ沈みつした。彼は考えた。こうしたことすべてを味わわされた自分であってみれば無為に陥るのも当然だ、自分はいっさいの未来の見通しから切断されてしまった身だ、自分には俗世の活動をするための手がかりをつかむことができないのだ。こうしてウェルテルはじりじりと悲しい最期へと近づいて行った。自分の不思議な情念や考え方や果てのない情熱に身をゆだね、やさしい思慕のひとの静かな生活を乱しつつ、いつまで待っても変化するとは思われぬ物悲しいまじわりを続けながら、むりにも自分の精力をかき立てて目的も見込みもなくこれを消耗して行くのであった。（前掲書、一七一頁以下）

これが実際のウェルテルの状態だとすると、彼の自殺の原因は純粋に悲恋だけなのではなく、自分が社会とポジティヴな関わりを持てないという焦燥感が、ロッテとの関係へと集約されてしまったように見える。これまでの失敗と同じことが、ロッテとの関係でも繰り返される、ロッテに自分の本当の想いを打ち明けても、どうにもならない、と勝手に〝予測〟しての自殺である。『ウェルテル』はごく普通に読めば、悲恋をめぐる物語だが、それは、「父」との闘いに勝てない弱い主人公の過剰な自意識の中でかなり観念的に構築された〝悲恋〟である。

青年の妄想を描く文学

ウェルテルの死は、その円周を拡大しながら空回りし続ける自らの「情熱」を、もうどうすることもできないと悟ったうえでの死だが、その〝悟り方〟自体がかなり観念的・短絡的であるように思える。最後にロッテに会った時、ウェルテルは自らが訳していたオシアンの歌を長々と朗誦している――そのシーンは新潮文庫の日本語訳で、約九頁半もある。オシアンというのは古代スコットランドの盲目の英雄詩人とされる人物である。スコットランドの詩人ジェイムズ・マクファーソン（一七三六―九六）は、その原作を発見したと発表し、ゲール語から英語へと翻訳したとして、詩集『オシアン』（一七六一―六五）を刊行する――実際には、マクファーソンによる創作だというのが定説になっている。この作品は、自然美を背景とした、古代の英雄伝説のメランコリックな描き方がヨーロッパ大陸での文壇で評判になり、古代ギリシアのホメロスに匹敵するとさえ評価された。ゲーテたち、ドイツの疾風怒濤時代の作家も、その影響を強く受けたとされている。

ウェルテルとロッテは、高貴な英雄たちを襲う悲劇的な運命を、自分たちのそれに重ね合わせて涙を流す。その興奮の中で二人は抱き合い、口づけするが、ロッテは最後にウェルテルを押しのけ、これが最後です、と告げる。帰宅したウェルテルは、ロッテ宛の別れの手紙を書き始める。これは、ウェルテル・ファンには非常に感動的な場面であるとされているが、第三者的に突き放して見れば、未熟な若者を振り回し、最後の一押しで破滅へと導く文学の有害性を、自己言及的に告知しているようにも見える。

自伝『詩と真実』(一八一一-三三)の中でゲーテは、創作当事のドイツの文学事情を振り返りながら、「『ウェルテル』は至る所で的確に的を射当て、病んだ青年の妄想の最も内奥の部分を、あからさまに分かりやすく描いたがゆえに、大きな反響を呼び起した」、と分析している。「病んだ青年の妄想」がテーマであることを本人も意識していたのである。ただし、彼はその「妄想」を抱くことが不幸だとは思っていなかったようである。詩人エッカーマン(一七九二-一八五四)と晩年のゲーテの対話の記録である『ゲーテとの対話』(一八三六、四八)の中でゲーテは、「あらゆる人が生涯に一度も『ウェルテル』は自分のために書かれたと思える時期を持てないとしたら、残念なことだ」、と述べている。

『ウェルテル』は、大人になり切れない若者、特に市民社会の一員にならねばならない若者が、社会との軋轢の中で抱く妄想と、それに対して文学が与え得るプラス・マイナスの影響を総合的にテーマ化した作品だと言える。文学は妄想を通過するための助けになるかもしれないが、逆に引き返しようがない深みにまで連れていくかもしれない。現代の若者たちは、活字の書物の形を取る「文学」との関わりは少なくなっているかもしれないが、漫画・アニメやネット上の一次創作など、広い意味での〝文学〟によって翻弄される可能性はかえって広がっているようにも思われる。

第二章　人間関係における「親和力」とは

『親和力』はどんな小説か

『親和力』（一八〇九）は、『ウェルテル』の三十五年後に刊行された、やはり恋愛、というより不倫をテーマにした小説である。時代背景的なことを言うと、この間、アメリカ独立戦争、フランス革命、（ゲーテのファンである）ナポレオン・ボナパルト（一七六九―一八二一）の皇帝への即位、神聖ローマ帝国の崩壊、プロイセンを主力とするドイツ軍のナポレオンに対する敗北、哲学者ヨハン・ゴットリープ・フィヒテ（一七六二―一八一四）によるドイツ国民の団結への呼びかけ「ドイツ国民に告ぐ」（一八〇八）……と様々な政治的変化が起こっている。ドイツは依然としていくつもの領邦君主国家に分かれていたものの、市民の自由な結合を基礎とする「市民社会」は現実のものになりつつあった。

『親和力 Die Wahlverwandtschaften』というのはいかにも奇妙なタイトルであるが、これは、「親和性（力）Wahlverwandtschaft」という化学用語から来ている。元素同士がお互いに結合する反応を引き起こす力、傾向性を示す言葉である。そこから連想されるように、既に結合している二つの元素（＝カップル）の所に、その一方との間にもっと親和力のある他の元素が接近した場合に、結合の組み換えが起こる可能性がある、ということがこの小説の主要なモチーフである。

作品は、富裕な男爵であるエードゥアルトとその友人である大尉（後に少佐）、エードゥアルトの妻シャルロッテ、その姪オッティーリエという四人の男女の関係を中心に展開する。エードゥアルトとシャルロッテは若い頃恋人同士だったが、互いに違う相手と結婚し、その後互いの伴侶を失くす経験を経て、再婚した夫婦である。二人はエードゥアルトの領地の城館に引き籠って静かに生活している。エードゥアルトはそこに、経済的に困窮している旧友の大尉を呼び寄せることにした。シャルロッテも、親代わりに面倒を見ていた姪のオッティーリエが、寄宿学校でうまく行っていないことを知っていたので、これを機に彼女を呼び戻すことにする。しかしこの共同生活を通して、エードゥアルトはオッティーリエと、シャルロッテは大尉とそれぞれ互いに惹かれ合うようになる。二組の男女はそれぞれ互いの心の内を認め合う。シャルロッテが大尉に自制を求めたこともあって、大尉は新たな仕事を見つけ、城館を出て行くが、エードゥアルトはオッティーリエへの愛へと突き進み、シャルロッテと離婚することを決意する。しかしシャルロッテが妊娠しているという報せを受け、どうしようもなくなり、自暴自棄になって出征する。ここで第一部が終わる。

第二部の前半は、残されたシャルロッテとオッティーリエの生活風景の描写に当てられる。シャルロッテと前の夫の間の娘で結婚を間近に控えているルチアーネや、オッティーリエとの結婚を望む寄宿学校の助教師が訪ねてくるなど、オッティーリエの気持ちを乱すような出来事も起こる。後半で、時を経て、武勲を挙げ、無事帰還したエードゥアルトが再登場し、（その間に大尉から昇進した）少佐を呼び寄せ、シャルロッテと離婚し、オッティーリエと結婚する決意を伝え、シャルロッテを自分のものにしてくれと示唆する。冷静な少佐は、彼の言葉をそのまま真に受けず、一応承諾したそぶりだけ見せる。エードゥアルトは、シャルロッテの子供の面倒を見ているオッティーリエの下に駆けつけ、強引に迫る。しかし、それによって動揺した彼女は、シャルロッテの子供を舟から落とし、死なせてしまう。その悲しみと混乱の中、子供の死のことを知らないまま、エードゥアルトの意向を伝えにやって来た少佐に対して、シャルロッテは離婚を承諾するが、少佐の愛を受け容れるかについては、答えを保留する。罪を自覚したオッティーリエは、館から出て行く。彼女はエードゥアルトによって連れ戻されるが、結婚は拒否し続け、密かに食事も絶つようになる。そしてある日、エードゥアルト夫妻と交際があり、いろいろとお節介な助言をしていた元僧侶ミットラーが、夫婦間の和を説いているのを偶然耳にし、ショックを受けて倒れ、そのまま意識が遠くなって、死ぬ。エードゥアルトもしばらくして彼女の後を追うように、次第に食事を口にしなくなり、死ぬ。シャルロッテは彼をオッティーリエの隣の墓に葬ってやった。

この小説にもゲーテ個人の経験がある程度反映されていることが知られている。ゲーテは一八〇六年、五十七歳の時に、十八年にわたって同棲し、既に子供もいたクリスチアーネ・ヴルピウス（一七六五－一八一六）と結婚したが、その翌年には、ヴィルヘルミーネ・ヘルツリープ（一七八九－一八六五）という、少女と言っていい年齢の女性と恋愛関係になっており、彼女のイメージがオッティーリエに反映しているとされている。

要は、不倫の悲劇的結末をめぐる小説であり、不倫をテーマにした小説やドラマに慣れている現代日本人には、ストーリー自体はさほど刺激的ではないかもしれない。というより、ストレートに恋愛感情の芽生えや葛藤、恋の駆け引きなど、（不倫小説としての）〝肝心〟のことを描いている部分が少なく、普通の意味で官能的なシーンはほぼない。そうしたものよりはむしろ、四人が暮らした城館の様子やその周囲の自然の風景、オッティーリエが寄宿舎で受けた教育、建築や絵画についての話題がかなりの割合を占めており、あまり刺激的ではない――大家の名作とはそういうものだと思っている人にとっては、当たり前のことかもしれないが。

小説の結末だけ見ると、三人が亡くなっているので、一人の青年の自殺に終わった『ウェルテル』よりも悲劇的であるように思えるが、書簡等によって登場人物の気持ちの変動を内面から表現する手法は部分的にしか使用されておらず、さほどドラマチックな印象は与えない。手紙よりもむしろ、オッティーリエの日記が何度か引き合いに出されているが、その中身はストレートに自らの心情を語るというよりは、芸術批評的な語りを通して、自己の内面を間接的に描き出す、という上品なスタイルを取っている。

いつかは愛する人々のかたわらに安らうことができるという考えは、人間が死後のことにまで自分の考えを拡げて行った時に懐く観念のうちでも、もっとも甘美なものである。「みなの

オッティーリエ（ヴィルヘルム・フォン・カウルバッハ画）

ところに迎えられる」とは、実に心を打つ表現だ。

遠ざけられた人々、離れて行った人々を私たちに近づけてくれるさまざまな記念物や形見のしるしがあるものだ。が、どれ一つとして肖像ほどの意味を持つものはない。愛する人の肖像と話を交わすことは、たとえ似ていない肖像とであっても、友人と争う場合にも似て、何か魅力的なものがある。私たちは、自分たちが二人であること、しかもそれにもかかわらず別れえぬことを快い気持で感じるのである。

私たちは目の前にいる人とも、よく、それをその人の肖像であると思いなして話を交わすことがある。その人は話すことも、こちらを見ることも、こちらを気にかけることも必要ではない。私たちはその人を見、自分とその人との間柄を感じる。いや、その人は何もせず、何一つ感じることのないまま、ただその人が私たちにとって肖像のようにそこに存在しているというだけのことで、その人と自分との間柄が成長することさえあるのだ。（柴田翔訳『親和力』講談社文芸文庫、一九九七年、二二六頁以下）

先入観なしに読めば、芸術を愛情に譬えた随筆にしか見えないが、小説の中でオッティーリエの置かれている状況を念頭に置くと、肖像画をじっと見つめているだけのような落ち着いた関係がいつのまにか強い恋愛感情に成長し、相手との距離感が縮まっている可能性があることを暗示しているようにも取れる。ただ、まわりくどいことは間違いない。何をもたもたしているのか、と思ってしまう読者も少なくないだろう。少なくとも物語の急展開によってぐいぐい引き込んでいく、リズム感のある小説ではない。

単純に長さだけで比較すると、『親和力』は『ウェルテル』の約二倍の分量がある。主要登場人物が四人なので、関係性の描き方がそれだけ複雑になり、話が長くなるのは当然とも言える。しかしその複雑さゆえに、片思いするウェルテルに一極集中して、彼が妄想を交えて見る世界を描いていく『ウェルテル』に比べて、細部の意味が分かりづらく、感情移入しにくいことも否めない。

しかしゲーテ自身は、この小説を「私の一番の本」と評しているし、二〇世紀の文芸・芸術批評に圧倒的な影響を与え、今でも都市表象分析やメディア論でしばしば引用されるドイツの思想家ヴァルター・ベンヤミン（一八九二―一九四〇）はこの小説を論じた評論『ゲーテの「親和力」』（一九二四―二五雑誌連載）で、この作品に即して、「小説」における「生」の表現が意味するところをめぐって哲学的に突っ込んだ議論を行っている。この評論は、かなり難解だが、ベンヤミンの文芸評論の代表作である。社会学者のマックス・ウェーバー（一八六四―一九二〇）も、この小説に強い影響を受け、ゲーテの「親和力」の概念を自らの理論に取り入れているとされている。

では、この――不倫の結末を芸術的な装いの下に記述していく――小説はどうしてそれほど魅力的なのか？　どういう風に読んだら、その世界観に引き込まれるのか？

自らに呪いをかける人間

この小説を面白く読むためのカギになるのは、そのタイトルである。恋愛関係を、化学物質の間の結合関係に譬えることの意味について、真面目に考えてみよう。恋愛（文学）に強く関心を持つ人であれば、恋愛を、理性で制御できない激しい情念の発露としてイメージしていることが多いだろう。誰と誰の間でいついかなる状況で恋愛感情が生じ、その感情によって当人たち、あるいは周囲の人たちの関係や境遇がどう展開していくか分からないからこそ、恋愛は魅惑的なのだろう。それに対して化学物質は、どういう元素を近付けると、どういう反応が生じるか、化学の法則に従って正確に予測できる。実験する人間がミスをしない限り、変則的なことは起らない。恋愛の通常のイメージとは対照的である。

ちなみに、ゲーテの生きた時代は、我々が中高で習う化学の基本法則が次々と発見される時代である。フランスの化学者アントワーヌ・ラボアジェ（一七四三－九四）は、『ウェルテル』が刊行されたのと同じ一七七四年に質量保存の法則を発見し、翌七五年に酸素を発見している。同じくフランスの化学者ジャック・シャルル（一七四六－一八二三）は、一七八七年に、理想気体の体積は絶対温度に比例するというシャルルの法則を発見し、それが既に一六六〇年に英国の化学者ロバート・ボイル（一六二七－九一）によって発見されていた気体の体積は圧力と反比例するというボイルの法則と合わせて、ボイル＝シャルルの法則と呼ばれるようになる。英国の化学者ジョン・ドルトン（一七六六－一八四四）は一八〇二年に化学的原子論の基礎になる倍数比例の法則を、〇三年に気体の分圧に関するドルトンの法則を呈示している。

つまり、この小説のタイトルは、最先端の知である化学の法則のような厳密さで、一般的には、情念によって突き動かされる非合理の領域と見なされてきた恋愛を分析し、その法則を解明することを試みる、というスタンスを表明しているわけである。この科学的なスタンスは、作品の随所で暗示されている。大尉がエードゥアルト夫妻の城館にやって来て、領地の地図作成など頼まれた仕事に着手し、それまで大尉を迎え入れることに慎重だったシャルロッテとも、次第に打ち解けて会話するようになる。その場面は以下のように描かれている。

このように、シャルロッテは大尉の知識、勤勉さを自分のためにも活用した。そして彼の滞在を心からの満足の念をもって眺め始め、滞在のもたらす結果にも全く安心し始めたのだった。彼女はさまざまなことをたずねてみようと、予め用意するのが習慣となった。彼女は生きることを愛する性《たち》であったから、害になるもの、毒になるものはすべて遠ざけようと努めていた。陶器類の鉛入りの釉薬《うわぐすり》、銅の器物の緑青《ろくしょう》は、かねがね彼女の気にかかっていたものであった。彼女はこの点についての教えを乞うた。そして自然の成り行きとして、話は物理と化学の根本概念へとさかのぼって行ったのであった。（前掲書、五四頁）

こうした生活上の知恵に関する実用的な関心から、物理や化学の法則についての――恋愛小説には似つかわしくないように思える――学問的な会話が交わされるようになり、その会話の中で語られる客観的な法則が、彼ら自身の運命――あるいは彼らの間の関係性を支配する法則――を暗示することになるわけである。

化学的な親和力と、人間間の親和力の類似性が、彼らの三人の会話でクローズアップされる直接のきっかけは、エードゥアルトの朗読趣味である。美声の持ち主である彼は元々、自分が読んでいる本を他人の前で感動的に朗読することが好きであったが、大尉がやってくる前後から、従来の文学作品に加えて、物理、化学、技術についての本も選ぶようになっていた。彼は朗読中に、自分が読み上げている本を聞き手に見られることを嫌って、座る位置に配慮していたが、ある時、シャルロッテがそうした夫の習慣を知っていたにもかかわらず、不作法に夫の手元を覗き込んだ。

エードゥアルトがそれを咎めたのに対し、シャルロッテは自分の親族（Verwandte）——主としてオッティーリエのこと——に関して心配事があったので、それに気を取られてよく聞いていなかったところ、朗読の中で「親近（親和）性 Verwandtschaft」という言葉が出てきたので、はっとしてしまい、どういう話だったのか急に気になって、思わず本を見てしまった、と告白する。それに対して、エードゥアルトと、大尉は以下のようにコメントする。

「比喩的な言い方なのだよ、あなたを惑わせて、混乱させてしまったのは」とエードゥアルトは言った。「ここで扱われているのは、勿論土壌と鉱物だけさ。だが、人間というものは、水鏡に自らを映して喜んだあのナルシスにも似て、実に全くの自己陶酔者だね。彼は至る所に自らの姿を映して喜ぶんだ。彼は全世界の下に、自らを下敷きとして敷こうというのだよ」

「その通りなんです」と大尉が続けた。「人間は自分の外に見つけたものを、みなそういう具合に扱うのです。動物たち、植物たち、諸元素、そして神々にまで、人間は自分の叡知や愚行、意志と気紛れといったものを附与してみるのです」（前掲書、五六頁以下）

彼らの短いコメントで、化学元素同士の親和性が、この作品のメインテーマである恋愛における親和性とどう関係しているのかが極めてコンパクトに表現されている。両者の関係を詳らかにすべく、物語が展開していくと言っても過言ではない。その展開を通して、作者ゲーテ自身のアイロニカルな人間観が示されている。

先ず、二つの「親和性」が「比喩」的な関係にあることを確認しておこう。この小説のタイトルが示唆しているように、私たちは恋愛関係に限らず、人間関係一般を、自然界の法則に譬えて理解することがある。自然科学が発達していない時代や社会でも、獣や鳥の振る舞い方や、自分たちの観察する自然現象に譬える形で、人間関係を理解することがある。鴛鴦《おしどり》などを見て、夫婦や恋人の関係に、猿の群れの序列を人間関係の序列に譬えるのが、分かりやすい例である。これ自体は、指摘するまでもなくごく当たり前の話だが、エードゥアルトと大尉は、人間がどうしてそういう比喩を用いるのか、一歩踏み込んで論じている。

それは、人間が、自分たちの周囲の様々な事物に、自分たちの姿を投影しているからである。自分たちが暗黙の内に抱いている自分自身の在り方、人間関係の在り方のイメージが、私たちが様々な事物の内に見出す〝客観的法則〟の中に無意識的に反映されている。その通りだとすると、私たちがそうした〝客観的法則〟を、人間関係の「比喩」として用いる時、自分自身が暗黙のうちに抱いている人間関係の在り方のイメージを、無意識的に語っていることになる。その場合の「人間関係の在り方のイメージ」というのは、一方では、その人物が属している共同体の現実や規範を、他方では、そうした共同体的なものから逸脱する、あるいはそれを超えようとする個人としての願望を反映していると考えられる。自分自身が、自分を取り巻く人間関係をどう理解しているか、どうしたいと思っているかは、元々かなり不透明だが、人間でない事物を間に挟むので、余計に不透明感が増してくる。

先ほど引用したやりとりの少し後で、三人は化学元素の「親和性」についてさらに突っ込んだ話をすることになるが、それは彼ら自身の予めの説明によれば、単なる「比喩」のレベルを超えて、人間関係、特に恋愛関係に関する自分たちのイメージをめぐる会話でもあるはずだ。当然、それが、単に恋愛関係一般ではなく、自分たちが当事者となる恋愛関係である可能性もある。これから、もう一人の女性がこのサークルに参加して、男女二人ずつの生活になるかもしれないのだから、その可能性はさらに高くなる。少し後でまた見るように、彼らは、それを自分たちに関してはあくまでも「比喩」にすぎず、基本的に、化学法則一般と人間関係一般の間の不透明な親和性について語っているかのように振る舞うが、読者として第三者的に見れば、そうやって自分たちを棚にあげ、自分たち自身の感情の動きから目を背けることによって、かえって、自分たちが語る「化学法則（に反映される人間関係を支配する法則）」に半無意識的に呪縛されていく可能性が高まるのではないか、と思えてくる。実際、小説はそう展開していくわけである。

このように、自分たちとは直接関係ない一般論について語っている、あるいはその一般論を比喩にした世間話をしているにすぎない登場人物が、その一般論に含意されている法則にいつのまにか呪縛されている、というのは、恋愛・不倫をテーマにしたものに限らず、小説やドラマでよく使われる手法である。読者あるいは観客・視聴者には、登場人物が自分に呪文をかけているように見える。夢枕獏（一九五一－　）の陰陽師シリーズで安倍晴明が口にしている台詞だと、「呪をかける」わけである。

ゲーテはこの小説を通じて、この「現実化する比喩」という手法の最大限の活かし方、つまり単なる暗示に留めることなく、物語の本体に深く組み込み、比喩と現実が交差するような形で展開させていく手法を追求すると共に、その手法がなぜ効果的なのか、哲学的に掘り下げた考察をしているように見える。その考察から浮かびあがって来るゲーテの人間像をごく簡単にまとめると、人間は記号的な生き物である。人間は、事物を簡潔に表現する記号を使用することによって世界を自分にとって分かりやすくするが、記号を利用して自らが再構成した「世界」観に、自ら呪縛されてしまうことがしばしばある。自らが便宜的に作り出しただけの「世界」のはずなのに、その「世界」の法則（に見えるもの）に従うことに必然性があるように思い込んでしまう。それは、記号的に構成された世界が、現実の世界に対する人間の基本的な関わり方、無意識的な願望を反映しているからである。

小説を読んだり、ドラマを視ている人が、それは虚構であって、自分の現実ではないと十分に分かっていて、冷静に距離を取っているつもりでも、いつのまにかその作品の登場人物になったかのような奇妙な、イタイ行動を取ってしまうことがあるのも、人間が記号的な生き物であることに起因すると考えられる。先ほどの三人のやりとりは、そのことを読者に対して暗示しているようにも取れる。優れた文学作品は、他人事として面白く読めるように見えながら、読者自身に

――本人がはっきりと自覚しないまま――自分の現実を捉え直すように働きかけるものかもしれない。

先ほどのやりとりが示唆していることは、これだけにとどまらない。比喩や記号と関係して、神話的世界観をめぐる問題をも提起しているように思える。エードゥアルトは、水面に浮かぶ自分の美しい姿に魅せられ、その場を離れられなくなり、水仙（ナルシス）――欧米の諸言語で、水仙はナルシスに由来する名称で呼ばれている――に姿を変えたというギリシア神話に登場する美少年ナルシスのことに言及している。この箇所だけだと、単なる一例にすぎないように見えるが、この小説の随所で古代ギリシアや聖書の神話、古典文学に由来する神話的なイメージが用いられている。

神話的イメージを利用するというのは、現代日本でも、漫画・アニメを含め、文学・芸術・大衆娯楽でよく用いられる手法である。そうしたイメージを活用することの意味を、比喩や記号の問題と関連付けて少し検討してみよう。ごく簡単に考えると、特定の神話について、読者や視聴者がある程度の知識を持っており、それについて一定の世界観を形成していれば、それを想起させるようなイメージを作品に挿入することで、作品自体の世界観に共鳴させることができる、ということだろう。基本的にそういうことなのだが、単にその神話を知っているというだけでは、それをなぞっている作品に強く引き付けられることはないだろう。神話の世界自体が魅力的だということが大前提になる。では、近現代人にとって、神話的世界観はどうして魅力的なのか？

神秘的な雰囲気とか、神々しい荘厳さとか、近代人の失った想像力とか、生き生きした自然との近さとか、いろいろな言い方ができるだろうが、比喩や記号の観点から言うと、近現代人の世界観と違って、神話的世界観では比喩と比喩されている実体、虚構と現実の間の境界線が流動的であるように見えるということがあるだろう。近代人は、化学元素などの自然界の法則で人間社会の法則を譬えることもあるが、それはあくまで「譬え」だと思っている。現実の人間社会が文字通り、自然法則と全く同じ論理で動くはずはなく、二つの法則が本来無関係であるのは、近代人にとって自明のことである。また、神話や伝説、文学作品の中の出来事は、どれだけエキサイティングであっても、しょせん虚構であり、自分の生きている現実の世界と地続きでないことは分かっている。

それに対して、（私たちが通常イメージする）神話の世界に生きる人たちは、自然法則と社会の慣習や掟の間に何らかの――恐らく神や精霊によって与えられた――超自然的な繋がりがあると感じる。自然界の異変を、自分たちの社会に何か事件が起こる兆候と見たり、社会的な掟を破ることが、超自然的な存在の怒りを買うと信じ、その怒りを鎮めるため、神や精霊を象った祭具による儀礼を行ったりする。神が人間の世界に介入し、人間が動植物に変化する奇蹟の物語も、単なるフィクションではなく、リアルに起りうる、身近な物語である。それは、呪（文）が実体的に効果を発揮する世界である。

エードゥアルトや大尉が示した近代人の視点からすれば、記号と実体を区別できない、より詳しく言えば、記号に投影された自己の規範意識や願望と、客観的実在とを区別できない原始的メンタリティである。しかし、そうした彼ら自身がこれからそうなっていくように、近代人は分かっているつもりで、そうした原始的な見方にはまってしまうことがある。詐欺師に騙される人をバカにする人が、意外と見え見えの詐欺にはまってしまうように。あたかも自分から罠にはまっていくように。水面に映った影が自分自身であると認めることを拒絶するナルシスのように、と言うこともできよう。分かっているつもりで、神話的世界の人物をなぞるような行動を取るのは、表面的には神話的・魔術的な世界観を否定しているようで、近代的な合理性を脱して、そうした世界へと回帰したいという願望を潜在的に抱いているからだろう。

整理しておこう。人間関係を、化学の法則のような、機械的な法則に従うものとして描き出すだけの小説なら、単調でつまらないものにしかならないように思える。しかし、化学などの自然法則や、それとの類比でイメージ化される社会の法則について語り合う登場人物たちが、その自分たちの言葉に、象徴的・寓意的に含意されているものに呪縛されていく記号論的な法則を描き出すことを試みた小説であるならば、極めて興味深い試みだろう。それは、人間を深層において規定しているものを明らかにしようとする試みである。この小説は、近代において成立した小説というジャンルにおいて、それを最初に本格的に試みた作品と言えるだろう。そう考えると、自然風景や建築、芸術などにまつわる四人の冗長な会話や、オッティーリエの日記なども、物語本体と密接に関係しているように思えてくる。

親和性の法則

では、三人が化学元素の親和性について語り合っている場面を見ておこう。先ず、エードゥアルトが、水とか油、水銀などが一つに固まり、互いに繋がり合っており、外力がない限り、この合一性は保たれ、たとえ合一性が破れても、その破れの原因になった外的条件が除去されれば、すぐに復元する、と述べる。シャルロッテもこのことを理解し、大尉もそれについて補足説明する。シャルロッテは、エードゥアルトが、合一性の話を比喩として何か別のことを言おうとしているのではないかと推測し、ストレートにそちらに話を進めていくよう促す。

「どうか先まわりさせて下さいまし」とシャルロッテが言った。「貴方が言おうとなさっていることを、私が言い当てますか、どうか。あらゆるものは、自分自身と関係を持っているのと同様に、自分以外のものとも必ず関係を持つ、というのでしょう」

「そして、物質の違いに応じて、その関係も違ってくるのさ」とエードゥアルトが先を急いだ。「ある時は、互いに友人として、古い知人として出会い、素早く歩みより、一つに溶け合って、しかも互いを変化させることがない。葡萄酒と水が混じる時が、そうだ。それに対して、他のものは、互いに依怙地になって顔をそむけ合い、たとえ無理やりに混ぜ合わせても、決して一つに結びつこうとはしない。例えば油と水を一緒にして振り合わせても、一瞬にして再び別れてしまうようにね」

「その簡単な関係の中に」とシャルロッテが言った。「殆ど知り合いの方々の姿をそのままに見る気がすると申しましても、さほど的外れではございませんでしょうね。中でも特に、その中で暮らしてきたさまざまな社交世界を思い起こしますわ。でも、こういう精神のない物質と一番よく似ているのは、世間で互いに対立し合っている人間集団ですわね。いろいろの身分、職業、貴族と第三身分、軍人と市民などの」

「そして、しかも」とエードゥアルトが答えた。「そうした諸集団が慣習と法律によって一体化させられうるように、我らが化学の世界においても、互いに拒み合うものたちを結びつける要素が存在するのだよ」（前掲書、六〇頁：一部改訳）

エードゥアルト夫妻は、物質の結合と分離の法則を、様々な個性を持った人間同士の社交の法則に読み替え、それをさらに、身分（Stand）間の対立と、慣習と法律による諸身分の一体化という、市民社会的なテーマへと発展させている。既に述べたように、「市民社会」は、既存の身分や関係性が解体し、経済を中心に新たな関係性や規範が形成される社会である。それまで親しくしていた人々と疎遠になり、全く縁のなかった人と親しく付き合うようになる可能性も高くなる。この小説が書かれたのは、ナポレオン戦争の影響もあって、ドイツ諸邦において、市民社会化が急速に進んだ時代である。二人のやり取りは、自分たちの生きる社会についての一般論のように見えて、自分たち自身の関係も含意しているように見える。

真面目な大尉が〝本題〟であるアルカリと酸の関係に話を戻そうとするのに対し、シャルロッテは何度も、それを人間同士の関係に比喩的に置き換え、それにエードゥアルトが応じるので、話は何度も〝脱線〟する。大尉が、石灰石を希硫酸に浸すと、希硫酸が石灰を捉えて、結合することで石膏が生じ、それまで石灰石と結び付いていた弱酸が空気中に逃げ出す、という話をすると、シャルロッテは、新たに完成した石膏の方はいいとして、追放された弱酸は新たな宿を見出すまでいろんな苦難に遭うことでしょう、とかなり擬人的な言い方をする。

それに対してエードゥアルトは、そこにシャルロッテの悪戯っ気のある暗示を読み取ろうとする。それは、エードゥアルト＝石灰、大尉＝希硫酸という暗示である。妻との心地よい結び付きが、大尉との結び付きに取って替わられることで、自分は「無反応（不愛想）な石膏 ein refraktärer Gips」になってしまうと言いたいのか、というのがエードゥアルトの言い分である。これは、表面的に受け取ると、男同士の友情に〝嫉妬〟する妻という――男同士に同性愛的な関係がない限り――さほど深刻ではない〝三角関係〟をめぐるたわいない冗談にすぎない。しかし、当然のことながらごく普通に考えれば、それよりは、もう一つの可能性、大尉とシャルロッテが結び付いて、エードゥアルトが一人になってしまう可能性の方が高そうである。そのことにエードゥアルトが思い至らないはずがない。テレビの恋愛・不倫ドラマでも、その言外の可能性の方が現実化するというストーリーがよく見受けられる。

エードゥアルトの〝解説〟をきっかけとして、人間同士の――恋愛関係か、より一般的な人間関係全般のことか定かでない――〝三角関係〟に話を移したシャルロッテに対して、エードゥアルトは、化学者たちはもっと粋なことをやる、つまりそこに四人目を仲間入りさせて、誰も孤立させないようにする、という微妙な言い方をする。それに対して、大尉が補足説明する。

「記号によって、話を短くまとめてみましょう。一つのAなるものを想像してみて下さい。A

はBと心から結ばれ、いろいろな手段、さまざまの外力をもってしても、切り離すことはできません。更に、Dとの間に同様の関係を持つCなるものを想像して下さい。さて、この二組の結合体が互いに触れ合う――。と、AはDに、CはBに身を投げかける。そして、その四者のどれがまず相手を捨てたか、どれが最初に新しい相手と結び合ったか――それを言うことはできないのです」（前掲書、六七頁）

これは、高校の化学で習う、$CaCO_3$（石灰）＋H_2SO_4（硫酸）→$CaSO_4$（石膏）＋H_2O（水）＋CO_2（二酸化炭素）のような反応式の話である。本当の化学反応であれば、どちらの物質が先に浮気したかということなど問題になりようがない。物質には意識などなく、化学の法則に従って、より安定した結合へと自動的に移行するだけである。しかし、これが人間関係の比喩だとすれば、自然の法則だと言って割り切るわけにはいかない。人間は自らの意志で人間関係を形成、改編する能力を持っているからである。エードゥアルトは、そのことを意識しているか定かでないが、突然、ＡＢＣＤを自分たちの関係に置き換える。

「さあ、さて」とエードゥアルトが口をはさんだ。「そういうことを、すべて直接に眼で観察できるようになるまでは、差し当たりその公式を比喩的表現と見なすことにしておいて、そこからすぐにも役立つ教訓を引き出そうじゃないか。あなたの役割はAだよ、シャルロッテ。そうすればぼくはBとなる。何と言ったって、ぼくはあなたに左右され、BがAに従う如く、あなたに従っているのだからね。Cがこの場合、ぼくをあなたから当面多少なりとも奪ってしまっている大尉であることは、まぎれもない。さて、そこであなたがひとり虚空の中へと消え去って行くべきでないとすれば、ここにDなる人があなたのために配慮されるのは、当然のことだよ。そしてその人があの愛すべき小貴婦人のオッティーリエであることは、全く疑いないところなのだから、さあ、あなたもあの人を呼びよせるのにこれ以上反対してはいけないよ」

（前掲書、六七頁以下）

エードゥアルトは、AB＋C＋D→AD＋BC、というあまり毒のない反応式、つまり、ABの間に成立している夫婦関係を本格的に壊すことがない式を描いているが、男女四人の関係であることからして、AB＋C＋D→AB＋CD、あるいはAB＋C＋D→AC＋BDになる可能性の方がリアルであるように思える。無論、この時点ではエードゥアルトはまだオッティーリエに出会っていないし、大尉とシャルロッテの仲もまだあまり深まっていなかったので、その可能性にリアルに思い至っていなかったのかもしれない。ただ、このエードゥアルトの発言を受けてシャルロッテがオッティーリエを呼び寄せる気になり、彼女の学校の女校長と助教師から受け取っていた手紙を見せているので、大尉の中で、精神的に不安定で、〝守ってやりたくなるような少女のイメージ〟がある程度できあがった可能性はある。

オッティーリエを招くことに話が決まった後で、エードゥアルトは微妙な発言をする。

彼はこうも叫んだ。「あの子が左側に軽い偏頭痛の癖があるのは、全く気が利いているね。ぼくはよく右側が痛むんだ。二人の頭痛が同時に起き、ぼくは右肘を突き、彼女は左肘を突き、それぞれ、頭を手で支えて同じ側に頭を傾け、向かい合って坐っているとしたら、それはまさに優雅なる一対の絵となるに違いないね」

それはあまり穏やかでないようだと、大尉が言った。それに応じて、エードゥアルトは叫んだ。「Dには注意して頂きたいね、親愛なる友よ！　Cが奪い去られたならば、Bは一体何をなすべきなのか？」

「おや、そのことでしたら」とシャルロッテが受けた。「自明のことだと存じますけれど」

「勿論さ」とエードゥアルトは叫んだ。「Bは元のAのところへ戻る。彼のアルファーでありオメガーであるAのところへ」そう叫びつつ、彼は飛ぶように立ち上がると、シャルロッテをひしと胸に抱きしめた。（前掲書、七六頁）

エードゥアルトは冗談交じりであるものの、自分か大尉のいずれかがオッティーリエと恋愛関係になる可能性に言及したわけである。こうなると、彼が内心、未知の要素Dとしてのオッティーリエをめぐって、シャルロッテの話や学校からの便りを元に、恋愛妄想を抱き始めているのではないか、と想像できる。実際、オッティーリエが到着したのち、大尉とシャルロッテが一緒に領地の整備や造園の仕事を一緒にするようになると、エードゥアルトはどんどんオッティーリエに惹かれていく。彼女も自分に好意を抱いていると信じるようになる。まるで、自分の描いた化学反応式のもう一つの解釈可能性に翻弄されるかのように。

作品としての日記：自己のエクリチュール

第二部に入ると、エードゥアルトと大尉が――自らが親和性の法則によって完全に支配されるのを回避すべく――いったん退場して、女性二人の生活になることもあって、それまでエードゥアルトから一方的に思いを寄せられ、それに反応している内に、次第に彼に引かれていく、幼いがゆえに受動的な女性であるかのように見えたオッティーリエの心の動きに焦点が移る。そこでオッティーリエの内面を伝える媒体になるのが彼女の日記や、エードゥアルトとの間の手紙である。

先に引用した日記でオッティーリエは、目の前にいる人を肖像画のように見るという話をしていたが、これは、生身の人間を、何らかの固定した役割（キャラ）を担う記号として見ることを意味しているように思える。さらに言えば、そうした自らの見方を文書化することは、それを自らの〝心の声〟として明確化し、かつ固定化することを含意する。文章化された〝心の声〟は、当人の気持ちをすっきりさせることもあれば、その後の言動を拘束し、運命付けることもある。

日記の冒頭でオッティーリエは、「いつかは愛する人々のかたわらに安らうことができるという考えは、人間が死後のことにまで自分の考えを拡げて行った時に懐く観念のうちでも、もっとも甘美なものである」、と死への願望を示していると取れる不穏な言葉を記していた。それに続く部分でも、彼女は「死」に拘り続ける。領地の中に見出される古い教会や墓碑のことに言及しながら、それを「死後の生」への憧れと結び付ける。

朽ちて崩れた墓、教会に通う人々の歩みにすり減った床石の墓銘、墓碑の上に崩れ落ちた教会堂――たとえそうしたものをこの眼で見ていても、私たちは死後に来る生をやはり第二の生と感じない訳には行かない。私たちは肖像あるいは墓碑銘に化してその第二の生に歩み入り、そこに、本来の姿で生きていた時の生よりも長く留まる。だが、この肖像、この第二の存在といえども、遅かれ早かれ消えて行く。時間の歩みは、人々に対すると同様、記念碑の上にもその権利を主張せずにはいないのだ。（前掲書、二二八頁以下）

墓や墓銘に憧れるかのようなオッティーリエの態度は、普通の読者には理解しにくい。死への異様な執着にしか見えないが、こうした態度が、「肖像画」のくだりに見られる、自分や他の人達の人生やキャラクターを「芸術作品」のように見る彼女のまなざしの延長で出てくると考えると、多少理解しやすくなるだろう。自らの意志によって自発的に人生のコースを選び、自分の目標を追求していることを強く意識している人であれば、人生を自らの「作品」のように見て、〝自作〟の批評をすることはあろう。普通の人生を送っているのであれば、たまにそういう感想を抱く程度であろうが、作家、芸術家、文芸批評家、哲学者など、自意識と向き合うことが職業の一部になっているような人であれば、持続的にそういうイメージを持ち続け、「作品としての人生」を生き、かつ創作し続けてもおかしくはない。特に、自伝的要素を作品に取り込む作家は、そうだろう。作家の中には、自らが創作した、あるいは創作しつつある（通常の意味での）「作品」の登場人物に似た生き方をしようとする人もいる。ゲーテ自身が、そうした作家の典型である。オッティーリエは、ゲーテの幼い恋人の化身であると同時に、人生を作品と一体のものとして見ようとするゲーテ自身の化身であるようにも思える。

この「作品」と「生」の結び付きと逆転をめぐる問題は、フランスの哲学者・文芸批評家ジャック・デリダ（一九三〇－二〇〇四）によって提起された「エクリチュール écriture」と「パロール parole」をめぐる、より一般的な問題に繋がっている。「エクリチュール」というのは、書かれた言葉あるいは書く行為、「パロール」は、話し言葉を意味するフランス語であるが、デリダは前者を、書き言葉のように規則によってフォーマット化された言語あるいは表現行為、後者をそうした規則性に拘束されておらず、その場の思いや状況に従って自発的に発せられる言語あるいは表現行為という意味合いで使っている。

私たちは通常、「パロール」が生き生きしていて、人間らしいのに対し、「エクリチュール」は、堅苦しくて、不自由な感じがする、というイメージを抱きがちである。西欧の文学・思想史を見ても、不自由な「エクリチュール」との対比で、生き生きした「パロール」を持ち上げるというのはよくあることである。書かれた規則に縛られる官僚体質の人間、あるいは人生の楽しみを知らない堅物と、規則や知識に囚われることなく自由奔放に生き、率直に自由な言葉で語る自由人、という対立図式はよく見られる。ウェルテルもそういう自由人と理解されることがしばしばある。その図式の原点は、律法（文字として書かれた規則）に囚われて生きるユダヤ人の律法学者たちの姿勢を否定し、生きた神の言葉を語ったとされるイエスにある、と言えよう。

「エクリチュール」よりも「パロール」の方が生き生きしていて、人間らしいと思えるのは、人間の言葉は本来、「パロール」のように自発的で自由なものであり、「エクリチュール」はそれを記録・補完するものにすぎない、それなのに後者に拘って、前者を抑圧するのは本末転倒である、という前提を多くの人が共有しているからだ。この「エクリチュール／パロール」の関係はさらに遡って、言語や記号によって表現されたものと、生身の身体感覚との関係へとシフトして考えることができる。たとえパロールであっても、言語や記号による表現は何がしか人為的で鮮度を欠いており、本当にもっと生き生きしているのは、自分の身体でじかに感じたものだけである。それなのに、私たちは妙に言葉に拘ってしまい、生き生きした自然、生の感覚を捉え損なってしまう。このような形で、「エクリチュール／パロール」関係は、「人為的なもの／自然なもの」をめぐる関係一般に拡張することができる。

しかし、デリダに言わせると、こうした発想こそ錯覚であり、本末転倒である。イエスの言葉が生き生きしているということを、西欧人たちは「聖書」というエクリチュール、あるいはそれに関する聖職者や神学者の注釈（書）というエクリチュールを通して知っている、というより、エクリチュールを通してしか知りようがない。ウェルテルが生き生きしたパロールの人に見えるのは、ゲーテがそのように書いた、あるいはそう読むべきだという評論・解説の類いを読んだからである。ウェルテルのような人間が生き生きしたパロールの人であり、アルベルトのような人間が死んだエクリチュールの人である。そういうステレオタイプが、様々な文学的エクリチュールで定着すると、それを模倣した書き方（エクリチュール）をする作家が増えるし、それによって読者の読み方もますますエクリチュールに縛られるようになる。「エクリチュール」が「パロール」を〝活かして〟いるのである。

さらに言えば、私たちは、言語による記憶・再現機能（＝広義のエクリチュール）がなければ、自分の見たことや感じたこと（＝広義のパロール）に意味付けし、記憶し、その内容を相互に伝達することができない。広義のエクリチュールがないと、全ての経験は瞬間的に消えてしまい、私たちの内に何も残らない。経験を自分の中に蓄え、「私」という存在が生きていることを実感するには、パロールの持っている〝生き生きした〟感じをいったん殺し、つまり、その都度体験される多様性を抹消し、エクリチュールへと定型化しなければならない。法律や道徳、宗教、経済、文化など、私たちの日常を方向付けている様々な規則や常識の複合体を、広義のエクリチュールと考えると、私たちはエクリチュールの枠内で、日常を生き、エクリチュールによってフォーマットされた労働や娯楽、家庭生活、友人関係の内に喜びを見出しているのである。

ドイツにおけるポストモダン的な視点からのロマン派再解釈の旗手であるヨッヘン・ヘーリッシュ（一九五一－　）は、ゲーテの『親和力』はまさに、そうしたパロールとエクリチュールのねじれた関係を自己反省的に描き出した作品であると指摘する。登場人物たちは、自分たちの（何等かのエクリチュールから得た知識に基づいて）語った言葉や、日記に書いた言葉によって支配されているように見える。自覚的にエクリチュールの人であるオッティーリエは、生の人生よりも、自らの言葉によって作品化された生に拘りを持つ。それはある意味、エクリチュールによって構成される、（生の生々しさを殺したという意味での）「死の世界」への憧れである。

作品の世界で、人は年を取らないし、身体的・動物的欲求に起因する不純な欲望によって穢れることもなく、（エクリチュール的に設定された）オリジナルな状態を保つことができる。オッティーリエの場合、その不純な欲望とは、妻がある男性、しかも自分の面倒を見てくれている叔母の夫である男性に対する愛着のために、その家庭を壊してしまうことも厭わず、突き進んでいこうとする欲望であろう。それは、（エクリチュール的にイメージ化された）「安らかな生」を理想とする彼女の美意識に反する。

芸術的な美に異常なまでに強く憧れる人が、芸術的美のために、「死」にも憧れるという話を、私たちは時々耳にする。三島由紀夫（一九二五－七〇）の自殺は、そのように捉えられることが多い。そうした芸術的な「死」への憧れは、エクリチュールによって生み出される、様式美化された生への憧憬が過剰になって、日常の生《なま》の生を、不純なものとして、否定するに至るからだと説明することができよう。

普通の人は、自分の日常が、文学作品などで描かれている理想的な生、刺激的な生と乖離していることに失望しても、自殺まではしない。普通の市民は、様々なエクリチュールに縛られているけれど、それらのエクリチュールのほとんどは、法律や道徳などの社会規範に順応するように働きかける。理想通りの生を送れなくても、平凡で常識的な生に執着するよう働きかける。たまに――エードゥアルト、シャルロッテ、大尉の間に交わされたような――日常的な会話や、夢想の中で逸脱することはあっても、それ以上は先に行かせないように抑止する。ウェルテルではなく、アルベルトになるよう誘導する。それに対して、法や常識等の支配的なエクリチュールのエクリチュール（人為）性を暴き出したうえで、〝より美しい生〟を志向するよう仕向ける。特殊なエクリチュールとしての性格を持つ芸術、特に文学は時として、エクリチュール（死）とパロール（生）の転倒関係を完璧なものにする。芸術に魅せられた人をして、現実の生を超えた、究極の「生」に憧れさせる。先ほど引用した箇所に見られる「死後に来る生 das Leben nach dem Tode」「第二の生 ein zweites Leben」「第二の存在 das zweite Leben」「墓碑銘 Überschrift」といった表現は、まさにそうした転倒を暗示している。

その後の日記でもオッティーリエは、「世間を逃れる時は、芸術に頼るのが一番安全だ。そして世間と関係を持つ時も、芸術を通してするのが一番安全だ」（前掲書、二七四頁）、と、リアルな人生や世界よりも、「芸術」に映し出される〝現実〟に固執する姿勢を見せている。そして、シャルロッテの子供を誤って死なせてしまった後、オッティーリエは次第にしゃべらなくなる。特にエードゥアルトに対しては、彼が何を語りかけても答えなかった。そして、自分のことを放っておいてほしい旨を親しい人たちに伝える手紙を最後に遺してこの世を去った。身体的な振舞いにおける過ちを元に戻すことができない、生の言葉（パロール）の世界から退去することを望んでいたかのように見える。そして、オッティーリエを愛する、現実のゲーテの化身とも言うべきエードゥアルトも、パロールの世界を去り、二人は、シャルロッテによって同じ礼拝堂の地下に葬られる。

こうして、愛し合った二人は並んでやすらっている。平和が彼らの休息所の上に漂い、彼らに似た晴れやかな天使たちが、円天井から二人を見下ろしている。そして、やがてまた二人が一緒に目覚める時がくるならば、それは何という優しい瞬間になるであろうか。（前掲書、四三〇頁）

これはまさに、日記の中でオッティーリエが望んでいた「死後に来る生」であるように思える。

「仲介者」の残酷さ

「生」（パロール）と「死」（エクリチュール）の緊張関係をめぐって展開するこの小説を読むうえでカギになる、第五の人物がいる。ミットラー〈Mittler〉という名の元聖職者である。〈Mittler〉というドイツ語は、「仲介者」という意味である。名前の通り、様々な人間関係を仲介することを自分の仕事と心得ている。この人物は、最初に登場する場面で以下のように紹介されている。

この風変わりな男は以前は聖職者であって、その職にあっての疲れを知らぬ活動、特にどんなもめ事も仲裁し、鎮める手腕で際立っていた。それは家庭内、隣人同士といった個々の住民たちの間のものから始まって、やがてはいくつかの教区同士、何人もの土地所有者たちの間の紛争にも及んだ。彼がある地の聖職にある限り、そこでは一組の夫婦も離婚することはなかったし、領邦裁判所がそこからの訴訟沙汰で悩まされることも絶えてなかった。自分にとって法律上の知識がどんなに必要であるか、彼は程なく気づいた。彼は自分の研究をその点に集中し、やがて自分が法律実務家としても他にひけをとらぬと思うまでになった。彼の活動範囲は驚くほど拡がった。人々は彼をその地方の王都に招聘し、彼が下の方から上へ向けて始めたことを、上の方から大きく完成させようとした。が、丁度その時、彼は富くじに当たってまとまった額の金を手にし、ささやかな地所を買い取った。そして、それを小作に出し、仲裁と手助けの要のない家庭には決して留まらぬという堅い企図、というよりはむしろ昔からの習慣と心の傾きに従いつつ、その土地を自分の活動の中心となしたのであった。姓名判断を信じたがる人ならば、元来仲介する者を意味するミットラーという名前が彼に強いて、この何にもまして風変わりな天職につかしめたのだと主張するだろう。（前掲書、三〇頁）

ここから、小説の中でのミットラーの多面的な役割を読み取ることができる。ごく素朴に読めば、彼は単なるお節介であるが、様々な利害や価値観の人々が共存する市民社会で各種の紛争を仲介すべく自らを鍛え、その方法を普遍化しつつある彼は、市民社会の「法」の象徴だと見ることができる。この小説が刊行される五年前（一八〇四）、ナポレオン法典と呼ばれるフランスの統一民法典が編纂されている。（市）民法とは、市民の間の主として財産権に関する紛争を仲裁するための法体系である。ミットラーがかつて聖職者だったということも、この象徴的な役割に関係していると思われる。市民社会成立以前の伝統的なキリスト教的共同体で、仲裁役を務めていたのはその地域を担当する聖職者たちであった。加えて、自分に与えられた名前通りの役割を演じようとしている彼は、エクリチュール（規約化された記号＋規範の体系）の権化であるようにも見える。

市民社会的な規範に従って、人々の間のトラブルを解決しようとするミットラーが、親和力の〝法則〟によって、AB＋C＋D→AC＋BDという方向へと化学変化しつつある、四人の生活に介入し、強引に元の状態に戻そうとするのであれば、どういうことになるか凡そ想像が付く。実際、彼は四人の仲を仲介するのではなく、その逆に、自らの「死」を予感するオッティーリエの物語を、先に進めるきっかけを作っている。いわば、自らの意図に反して、結果的に、化学反応の触媒（媒介者）の役割を果たしている。

ミットラーが本格的な介入を開始するのは、第一部の終わり近く、大尉が新たな地位に就くため城館を去り、エードゥアルトもオッティーリエとの仲が深くなりすぎ、残った三人の関係をそのまま維持することが困難だと感じ、一時的に二人と別居することにした時点である――大尉（C）が去ったせいで、AがBとDのいずれに属するかという三角関係が先鋭化して、バランスが取れなくなったと見ることができる。

エードゥアルトは、ミットラーがシャルロッテの使いとして彼女の気持ちを伝えに来てくれたのではないかと期待し、最初は歓迎するつもりだった。彼はシャルロッテが、破局を回避するために、いろいろ弁解したり、事態収拾のための提案をしてくるのではないか、と予期していた。しかしミットラーがシャルロッテと関係なく、自発的に来たと知ってがっかりし、心を閉ざしてしまう。さすがに、これはまずいと思ったミットラーは、今回は仲介者（Vermittler）の役は諦めて、親友（Vertrauter）として話をしようとする。恋に悩む人は友人に内心を語りたがる傾向があるからだ。そうしたミットラーの普段と違う姿勢に安心したエードゥアルトは、オッティーリエに対する自分の切ない恋心を滔々と語り始める。彼女がそばにいるだけで自分がどれだけ幸福になり、近くにいない時も、彼女のことを常に思い浮かべていること、彼女を通して初めて恋の何たるかを知り、愛する才能（Talent des Liebens）において自分を凌駕する者はいないと確信するに至ったなど……と臆面もなく語り続ける。それを聞いている内に、自分の当初の意図からあまりにもかけ離れた無秩序な方向に話が進んでいくのに我慢できなくなったミットラーは、不同意であることを明言し、遠慮せずにお説教し始める。

エードゥアルトは——と彼は言ったのである——勇気を出し、自分が男子としての品位に恥じないためにはどうしたらよいか、よく考えねばいけない。不幸にあってなお取り乱さぬこと、苦痛にあってなお平静かつ礼儀を忘れぬ態度で堪えることが人間に至上の名誉を与えるのであり、それでこそ高く評価され、尊敬され、模範とされるのだということを忘れてはならない——。（前掲書、二〇四頁）

ミットラーはいかにもお説教大好き人間らしい、ステレオタイプな反応をしているわけであるが、先に見たデリダ＝ヘーリッシュ的なテクスト分析を当てはめると、彼は、〝友人〟であるエードゥアルトが語る本音（パロール）よりも、自らが代表している、常識的な社会規範（エクリチュール）を優位に置く態度を取っている、と見ることができる。エクリチュールを盾に取って、パロールの自発性を抑圧する、半ば脅迫的な物言いをしているわけである。これに対してエードゥアルトは、それは幸福な人の言い分であって、彼らには「悩んでいる人der Leidende」の無限の苦悩は分からない。ギリシアの高貴な詩人（ホメロス）も、心の苦しみに打ちひしがれて泣いている英雄を描く時、その人物に軽蔑のまなざしを投げかけなかったではないか、と古典文学のエクリチュールによって自己の置かれた状態を正当化しようとする。

それを耐えられないと感じたミットラーは口を挟んで、話を戻そうとするが、エードゥアルトはかえって決意を固めてしまう。

「あれこれ考えたり、言ったりすることは、何の役にも立ちません。けれども、こう話してみて、自分でもはじめて判りました。自分がどう決心するべきか、いや既にどう決心しているか、はじめて本当に感じることができました。今の生活、未来の生活が、ぼくの眼の前にありありと見えます。ただ悲惨と喜びの二つに一つを撰びさえすればいいのです。ミットラーさん、どうか離婚にお力添え下さい。それはどうしても必要なのです。いえ、もう事実上そうなっているのです。どうか、シャルロッテの同意を得て下さい！　その同意を得ることが何故不可能でないと、ぼくが考えているか、それは言いますまい。ミットラーさん。どうか仲介の労をとって下さい。ぼくらみなの心を救って下さい。ぼくらを幸せにして下さい！」（前掲書、二〇五頁以下）

常識的な社会規範に基づいて説教しようとしたミットラーは結果的に、それまで曖昧な態度だったエードゥアルトをして、自分の置かれている状況をはっきり把握し、離婚してオッティーリエと新しい生活を始めるよう決意させてしまったわけである。しかもさらに皮肉なことに、夫婦仲を修繕する仲介ではなく、それを清算して、新しいカップルを成立させる仲介の役回りを依頼された。実際、エードゥアルトの言い分を信用するのであれば、彼は自覚のないまま、後者の意味での仲介者（ミットラー）を既に演じていたのである。ミットラーはエードゥアルトと会話を続けている内に、自分が「暗い領域 die dunklen Regionen」に引きこまれてしまったことに気づいた。つまり、ある意味、現代の精神分析家やカウンセラーのように、相手の無意識の欲望を引き出してしてしまったわけであるが、それは、一度表に出してしまったら、誰にも制御できない欲望である。

ミットラーはここでいつまでもぐずぐずしていると、ますます不愉快になるだけだと感じる。エードゥアルトに少し好意的な態度を見せて、とりあえず、シャルロッテの所に戻った。しかし、離婚という言葉を伝えることができず、曖昧な言い方をした。そこでエードゥアルトが帰って来てくれるものと信じていたシャルロッテから、妊娠したことを告げられた。そこで彼はシャルロッテに、すぐにそのことを手紙で知らせるよう勧めた。その手紙を読んで追い詰められたエードゥアルトは、オッティーリエに土地を遺贈し、シャルロッテ、生まれてくる子供、大尉らにも一定の財産を譲る旨の遺書を書き、死ぬつもりで従軍することを決意する。ミットラーの仲介はどんどん、彼の予測と反対の方へと展開していったわけである。

ミットラーが再び物語の展開に干渉するのは、第二部も終わり近く、オッティーリエの不注意で子供が死んでしまい、オッティーリエが深く沈み込んでいる時である。エードゥアルトに事情を伝えて、事態を収めてほしいとシャルロッテから依頼されたミットラーは、オッティーリエを寄宿学校に送り返すように進言する。オッティーリエもそれに従って、一度は旅立つが、エードゥアルトによって連れ戻される。それ以降、ミットラーが頻繁に城館を訪れるようになる。彼がある時、シャルロッテと少佐を相手に、子供をどう教育すべきか得意気に語っている場面に、たまたまオッティーリエが入ってきたことが、悲劇的な結末を生み出すことになった。

ミットラーは、子供に法律や道徳を教える際に粗野な言葉を使うべきではない、と主張する。聖書には十戒が書かれているが、これらはそのままの言い方だとあまりにも粗野なので、もっと洗練された言葉に言い換えられるべきだ、という。彼が有名な「汝、姦淫するなかれ」、という戒律の教え方に関して自説を述べる。


「何という粗野な言葉だ！　何という無作法だ！　もしもですな、こういうように言えば、言葉の響きが全く別のものになるのではありませんか。『汝、婚姻の契りの前に畏敬の念を持つべし。汝、相愛の夫婦を見れば、そを喜び、晴れ渡りたる空の陽光に汝の身を暖めるが如く、その幸福を汝も分かち享くべし。もし、その夫婦の間柄にいささかなりとも曇り生ずれば、汝、そを晴らすべく努むべし。汝、二人を慰め、その心をやわらげ、二人に互いの美点を告げ知らせんと努めよ。あらゆる義務から、なかんずく男と女を永遠に結びつける義務から、どんなに深い幸福が生まれいづるかを二人の心に教え、美しき献身をもって二人の幸せを更に深めんと努めよ』とですな」（前掲書、四一七頁）

この演説の最中にオッティーリエが入って来て、彼の言葉を聞いて青ざめ、部屋から出ていくと、そのまま倒れてしまう。オッティーリエはそれまで長い間食事を取っておらず、そのことを隠していたため、かなり衰弱していたが、ミットラーの言葉のショックが重なって、耐えきれなくなり、容態が悪くなり、痙攣を起して、そのまま亡くなってしまう。ユダヤ＝キリスト教の古めかしい倫理（古いエクリチュール）を、市民社会的規範（新しいエクリチュール）へと刷新する意欲で満々のミットラーは、それに関して自らの口から出た言葉（パロール）の影響力によって、その規範に収まり切れない（美的エクリチュールの世界に憧れる）オッティーリエを痛めつけ、止めを刺してしまった。そのことによって、エードゥアルトも死に追いやり、修復するつもりだった夫婦の絆を最終的に破壊してしまった。

市民社会的規範の擁護者として、秩序を乱す要因を隔離しようとした「仲介者」は、その強引な仲介術によって、言葉の陰に隠れて無意識の中で働いていた欲望を掘り出し、全てを破滅へと導いてしまった。彼の仲介の失敗は、普遍的な規範、合理的な言語によって、個人の感情までも含めて、社会を秩序正しくコントロールしようとする市民社会的なプロジェクトの挫折を象徴しているように見える。

第三章　「教養小説」における「教養」とは

『ヴィルヘルム・マイスターの修業時代』はどんな小説か

『ヴィルヘルム・マイスターの修業時代』（一七九六）は、フランス革命が進行中の一七九五年から九六年にかけて発表された長編小説で、大きな話題を呼び、ドイツの若い知識人たちの思想や芸術観の形成に圧倒的な影響を与えた。ドイツ・ロマン派の代表的な理論家であるフリードリヒ・シュレーゲル（一七七二－一八二九）は、「フランス革命、フィヒテの知識学、ゲーテのマイスターがこの時代の最大の傾向である」と述べ、この小説が自分たち、ゲーテの次の世代の創作・批評活動のインスピレーションの源泉となったことを証言している。

この小説は、一般に「教養小説 Bildungsroman」と呼ばれるジャンルの模範と見なされている。〈Bildung〉というドイツ語の原義は「形成」であり、この場合は、人格の「形成」という意味である。従って、学問的な基礎知識という意味での「教養」とはあまり関係ない――現在、大学で教養科目と呼ばれているものの理念的起源を辿っていくと、古代ローマの「人間らしさ humanitas」の理想とそれを培うための諸学問に突き当たり、そこまでいくと、人格形成という意味合いが強くなる。[4] 主人公が、（市民）社会の中で様々な経験を積みながら、人格を形成する過程を長期にわたって描くことが特徴である。芸術家志向の強い主人公の挫折と迷いを描いた、ゴットフリート・ケラー（一八一九－九〇）の『緑のハインリヒ』（一八五四－五五初版、七九－八〇大幅改稿再版）や、結核のため、アルプス山中のサナトリウムに滞在することになった主人公が様々な背景の人物との出会いを通して世界観や人生観を学んでいく様を描いた、トーマス・マン（一八七五－一九五五）の『魔の山』（一九二四）が、『マイスター』と並んで、教養小説の典型とされる。

現代ではこのタイプの長編小説は少なくなっているが、村上春樹（一九四九－　）の作品の多くは、主人公の内面や世界観の変化に焦点を当てているという意味で教養小説的であると見ることができる。日本のアニメで、主人公の成長に焦点を当てているものが、〝教養小説〟的に読まれることもある。ただし、ヴィルヘルム・マイスターや、『魔の山』の主人公のハンス・カストルプは、英雄的な大冒険をするわけでも、正義の人としての信念とか勇気を獲得するわけでも、また、万人から称賛されるようなかっこいい行動をするわけでもない。むしろ、物語が進み、人生の様々な側面を知るにつれて、迷いが深くなり、分かりにくい態度を取るようになる。

『マイスター』という作品を理解するためのもう一つの重要な側面として、「修業」ということがある。ドイツ語の〈Meister〉は、語の響きから分かるように英語の〈master〉に相当する言葉であり、「名人」「親方」や「師匠」というのが原義である。そういう名前の主人公で、タイトルに「修業時代 Lehrjahre」という言葉が入っていることから、ドイツ語圏の人で、常識的な歴史の知識があれば、中世に成立した徒弟（Lehrling）制を連想するだろう。一人前の親方として職人組合（Zunft）に認められるためには、ある親方の下で徒弟として年季奉公し、その後で職人として遍歴（Wanderschaft）の旅に出て、異なった親方の下でさらに修業を積み、組合の課す親方資格の試験に合格する必要があった。先に見たように、『ヴィルヘルム・マイスターの修業時代』の続編のタイトルは、『ヴィルヘルム・マイスターの遍歴時代』である。これらは明らかに、職人の修業の旅を隠喩として利用したネーミングである。

主人公ヴィルヘルムは、『修業時代』で、演劇に強い関心を持つと共に、お気に入りの芝居の一座の花形女優マリアーネと恋仲になり、一座に加わろうとする。しかし、彼を商人にしようとする父親の言いつけで、ヴィルヘルムは、商人になるための修業に出され、一座ともマリアーネとも疎遠になる。旅先でもヴィルヘルムは演劇に惹かれ続け、観劇を続けるが、マリアーネと同じ一座に属し、彼女を娘のようにかわいがっていた老俳優から彼女について悪い噂を聞かされ、失望する。それとほぼ同時期に、綱渡りの一座で虐待されていたミニヨンという幼い少女を救い出し、彼女の親代わりになる。また、かねてから知り合いだったメリーナという男性の役者が、自分がかつて属していた一座の舞台装置と衣装を買い取って、新しい劇団を立ち上げたいという希望を持っていることを知り、出資して、顧問的な立場で一座に関わり、興行にも同行するようになる。その間も家の商売の仕事も続けていたが、父が急に病死したという知らせを受け、人生

4　これについては、拙著『教養主義復権論』（明月堂書店）を参照。

の岐路に立たされる。これを機に彼は役者として生きて行こうと決心する。役者として生活することになった彼のもとに、マリアーネの死が伝えられ、彼女と彼の間の息子として生まれたフェーリクスが現われる――ヴィルヘルムは最初は、フェーリクスが自分の息子だと知らなかった。新しく加わった大きな一座でヴィルヘルムは中心的な役割を担い多忙な日々を送るが、その内に、メリーナや他の一座のメンバーとの関係がぎくしゃくし、舞台を捨てることになる。彼はミニヨンとフェーリクスを引き取って育てることになるが、ミニヨンはヴィルヘルムが、テレーゼという女性とキスしている場面に居合わせ、ショックで死んでしまう。最終的に、劇団の活動を機に知り合いになった、「塔」と呼ばれる秘密結社のメンバーであるロターリオ男爵の妹ナターリエと結ばれることになり、ミニヨンの伯父に当たるチプリアーニ侯爵の誘いで、フェーリクスと共にイタリアに向かって旅立つ。こうしたヴィルヘルムと、演劇を中心とする様々な人たちの関わりが、八巻（岩波文庫で三分冊、千ページ超）にわたって展開する。

演劇に関わる職人としての修業の物語に見えないこともないが、途中まで商人としての修業がメインであったし、演劇の仕事も途中で辞めている。その間の彼の立場も、ある時は座長の助言者、ある時は戯曲家、ある時は舞台監督、ある時は役者というように、かなり流動的である。現代の演劇で言うと、戯曲のコンセプトに関するリサーチや、監督に対する理論的助言、広報・渉外などを担当するドラマトゥルク（Dramaturg）という役職が一番近いように思われるが、この役割は、ハンブルク国民劇場でのゴットホルト・エフライム・レッシング（一七二九－八一）、マンハイム国民劇場でのフリードリヒ・フォン・シラー（一七五九－一八〇五）、ワイマール宮廷劇

竪琴弾きとミニヨン（ヴァルデマール・フリードリヒ画）

場でのゲーテの活動によって少しずつ認知されるようになったばかりで、『マイスター』が発表された当時はそれほど一般的ではなかった。

ただ、ヴィルヘルムは演劇と関わったおかげで、新たな家族や友人が出来、いろいろなタイプの人間を知ることができた。また、演劇は、人間同士の関わりの本質を舞台上で再現する芸術であるから、作品の解釈や演出、上演を通して「人間」についての理解を深めることができる。後で見るように、この小説では、演劇を中心に展開する物語であるという設定を利用して、劇中劇が効果的に挿入されている。長編小説（Roman）は長いので、読者の関心を持続させるのにかなりの工夫が必要になるが、その長さを活用して、様々な作中作を盛り込むことが可能になる。『マイスター』のような「教養小説」の場合、主人公の人格形成にとって重要な要素が、その人物が読んだり聞いたりした物語や詩、自ら演じたり見たりした芝居を通して取り込まれる、という想定で、異なったタイプやジャンルのものを組み合わせることができる。

つまり、この作品の主人公ヴィルヘルムは、演劇人として職人的な「修業」をしたというより、市民社会と多面的に関わっている「演劇」という媒体を介して、（様々なタイプの人間が地縁・血縁を超えて関わり合う）近代社会で生きることについて〝修業〟したと見ることができる。『マイスター』は、市民社会の複雑な現実と、それを映し出しながら、市民たちの生き方に影響を与える文学や芸術との緊張関係を描いた作品である。

市民社会と演劇

ヨーロッパの中世では、演劇は、カトリックの儀礼に付属する宗教演劇、あるいは、民衆中心の祝祭の一部、旅芸人や吟遊詩人による大衆演芸などとして、分散した形で発展した。我々が知っているような、専門的に職業化された俳優が登場し、一座を結成し、常設劇場で芝居が演じられるようになるのは、一六世紀に入ってからである。一六世紀後半になると、エリザベス一世(一五三三―一六〇三)の統治時代(一五五八―一六〇三)のロンドンで劇場文化が発展した。マイスターも強く関心を持ち、憧れるウィリアム・シェイクスピア(一五六四―一六一六)が活躍したのは、そうした演劇の草創期である。英国やフランスで一六～一七世紀にすぐれた劇作家が多数輩出し、国民的演劇の様式が確立されたのに対し、ドイツで独自の演劇が発展し始めるのは、ヨハン・クリストフ・ゴットシェート(一七〇〇―六六)が最初のドイツ語によるオリジナル戯曲とされる『死に行くカトーSterbender Cato』(一七三二)を創作して以降のことである。幼いヴィルヘルムは祖父の蔵書の中に、ゴットシェートが編集した『ドイツ演劇 Die Deutsche Schaubühne』(一七四一―四五)を見つけて、これに熱中している。『ドイツ演劇』は、フランスの演劇からの翻訳と共に、ドイツの作家たちによるオリジナルな戯曲を集めた作品集である。

演劇が市民社会の中で職業として成立するということは、俳優たちが市民のニーズに合わせて芝居をするようになる、ということである。宗教演劇であれば教会、宮廷演劇であれば宮廷貴族のニーズにだけ合わせておけばよかったが、市民社会では、他の職業がそうであるように、市場の動向に現われる多様なリクエストに応えるべく工夫しなければならない。純粋に芸術的な理想だけを追求することはできない。

もともと商人の息子であったヴィルヘルムは、新しい人間関係を貨幣で作り出す商業という最も市民社会的な職業において自己を鍛えるべき立場にある。しかし、それでは満足できず、演劇の世界に関心を持つが、演劇は演劇で市民社会の経済に依拠することで成り立っている。物語の前半では、二つの職業の間での葛藤が目立つ。

第一巻の第三章から八章にかけて、ヴィルヘルムはマリアーネに対して自分が幼い時にどのように芝居に関心を持ち、それからどのように芝居に関わってきたか、思いのたけを語り続ける。幼い時の彼は、近所の知り合いに人形劇の舞台を作ってもらって夢中になり、自分でシナリオを書いて試演した。先に言及した『ドイツ演劇』や、一六世紀のイタリアの代表的詩人トルクァート・タッソ（一五四四-九五）の十字軍戦争を舞台にした長編叙事詩『解放されたエルサレム』（一五八一）の翻訳を読んで影響を受け、これを舞台化しようとしたりした。自分の生い立ちを語り終えたヴィルヘルムは、九章で、自分とマリアーネの将来のヴィジョンを自分に向かって語りかける。

彼の心はつねに溢れていた。思いつく限りの美辞をつらねて、高められた思いを一人つぶやいた。長いあいだぬけ出ようと願っていたよどみ、だらけた市民生活から自分を引き出すために、マリアーネを通して手を差し伸べてくれている運命の明るい眼差《まなざ》しを見るような気がした。父の家や家族から離れるのはなんでもないことのように思えた。彼は若く、世間を知らなかった。そして広い世間のなかを、幸福と満足を求めて駆け回ろうという勇気は、愛によって高められていた。自分には演劇にたいする使命が課せられているという考えは、いまではゆるがぬものになった。掲げられている高い目標も、マリアーネと手をたずさえて努めれば、さほど遠くはないように思えた。自分はすぐれた俳優になりうる、あるいは、各方面から渇望の声が聞こえてくる、将来の国民演劇の創始者にもなれるのではあるまいかと、自惚《うぬぼ》れ心からひそかに考えた。これまで心の奥深くに眠っていたあらゆるものが動き始めた。彼はさまざまな考えを寄せ集めて、一つの絵を霧のキャンバスに愛の絵具で描いた。当然、画中の人物は互いに溶け合って、模糊としたものになった。しかしそれだけに全体はいっそう魅力ある効果を上げた。（山崎章甫訳『ヴィルヘルム・マイスターの修業時代（上）』岩波書店、二〇〇〇年、五〇頁以下）

この箇所から容易に読み取れるように、出発点におけるヴィルヘルムはウェルテルのように、文学と愛が混じった妄想で膨れ上がり、自意識過剰になっている。ウェルテルが手の届きそうにない、既に婚約者のいる女性を好きになり、かつ、役人として貴族たちに交じって仕事をするようになったせいで、劣等感を覚えるようになったのに対して、女優の恋人になって、二人で共に演劇の道を歩んでいけるという希望がある――この時点の――ヴィルヘルムの行く手には、何も懸念すべきことはない（ように思えた）。まだ市民の間に十分に定着していない、ドイツの「国民演劇 Nationaltheater」の創始者になろうという大それた野望を無理なく抱くことができた。そうした彼にとって、自分が身を置いている「市民生活 das bürgerliche Leben」は、「よどみ、だらけた」刺激のないものであった。これは現代でもしばしば見かける、芸術家志望の青年が抱きがちな、現実の生活によって裏付けられていない自信である。自分で生活の糧を稼いでいないから、大言壮語しているのではないかと思えてくる。

それが次の十章になると、一転して家の商売に関するリアルな話になる。商売のために世間に旅立つことになったヴィルヘルムは文学作品や創作ノートを持っていこうとするが、そこに友人のヴェルナーがやって来て、ヴィルヘルムの演劇趣味をくさし始める。ヴィルヘルム同様に商人の息子であり、現実的な発想をするヴェルナーは、ヴィルヘルムが新しい作品を作ろうとしては途中で気に入らなくなって止めてしまうことがたびたびあったことを指摘したり、彼が新しい芝居をやろうとする度にそのための道具一式を売って大儲けさせてもらった思い出を皮肉っぽく語る。『岐路に立つ青年』という習作のノートをなつかしそうに引っ張り出したヴィルヘルムに対して、ヴェルナーはそれまで以上に辛辣なトーンで、芸術と世間に対する基本的態度を批判する。

「そんなものは捨ててしまえよ。火にでもくべるんだな。その着想なんて愚の骨頂だね。構成にしたって、もうあの頃からぼくは嫌でたまらなかった。お父さんだって怒ってたじゃないか。詩の出来はいいかもしれないが、考え方がまるで間違ってる。商売を擬人化した婆さん、しわくちゃの惨めったらしい占い女をまだ覚えてるよ。あの人物は、どこかうす汚い小商《こあきな》いの店先から仕込んできたんだろう。あの頃君《きみ》は商売ってものがまるでわかっていなかったんだ。真の商人の精神ほど広い精神、広くなくてはならない精神を、ぼくはほかに知らないね。商売をやってゆくのに、広い視野をあたえてくれるのは、複式簿記による整理だ。整理されていればいつでも全体が見渡される。細《こま》かしいことでまごまごする必要がなくなる。複式簿記が商人にあたえてくれる利益は計り知れないほどだ。人間の精神が産んだ最高の発明の一つだね。立派な経営者は誰でも、経営に複式簿記を取り入れるべきなんだ」（前掲書、五四頁）

この台詞から分かるように、ヴェルナーは演劇や文学に全く興味がなくて、ヴィルヘルムの趣味を端から否定しているわけではない。彼はヴィルヘルムの「商売」に対する見方があまりにも偏狭で矮小化されていることを批判しているわけである。ヴェルナーに言わせれば、商人は商売を成功させるために、社会や人間に対して広い視野を持ち、想像力を働かせないといけない。商人の家に生まれて、商人の想像力のすごさを垣間見ることができるにもかかわらず、それを怠り、自分なりの下手なやり方で〝演劇〟（らしきもの）にのめり込みその素人演劇の物凄い狭い視野から一方的に〝商売〟を貶めようとするのだから、笑止千万だというわけである。これは、現代でも、芸術・文学好きの若者によく見られる、見ている方が恥ずかしくなるような思い込みであろう。芸術へののめり込みのせいで想像力がかえって貧困になっているヴィルヘルムと、金もうけするブルジョワの創造性を肯定するゆとりを持つヴェルナーの好対照は、ゲーテ自身の内にある両面性を示しているように見える。ちなみに、この箇所での「複式簿記 doppelte Buchführung」への言及は、西欧社会の資本主義化に伴って「複式簿記」の普及が不可避になっていることを、ゲーテが認識していた証左としてしばしば引用される。

先のヴェルナーの発言に対してヴィルヘルムは、君は、足し算や収支計算などの「形式

Form」に囚われていて、肝心の人生の「総計額Summe」を見失っている、と反論する。それに対してヴェルナーは、「形式」と「実質Sache」は一つであることを教え諭す。帳簿で収支が明瞭になっていれば、それを見ることで、倹約したり儲けたりしようとする意欲も湧いてくる。それに比べて、やりくり下手な人は、物事を曖昧にし、負債総額がいくらか知ろうとしない。だから大きな損失が出ると、あたふたしてしまう。すぐれた経営者は自らの幸福の総額の増減をしっかり把握しているので、どうやって収支のバランスを取ったらいいか心得ている。簿記の形式を通して自己の状態をはっきり把握している商人は、「精神のいろんな能力」を自由に発揮できる。このヴェルナーの議論は、ヴィルヘルムがその含意を理解しているかどうか別として、芸術における形式と、全体を通して発揮される美的想像力の関係をめぐる議論として理解することも可能だろう。ゲーテは、このやりとりを通して商売と芸術の間に意外と深い繋がりがあるかもしれないことを示唆しているわけである。

ヴェルナーの雄弁な商業擁護論を聞いてヴィルヘルムもしぶしぶ、自分も商売の創造性に気付くかもしれないことを認める。それを聞いて、ヴェルナーはさらに畳みかけるように、自らの「商売＝人間学習」論を展開する。

「そうだとも。いいかい。君は大規模な商取引を実地に見たことがないんだ。いちど見てみれば、君はこれからあとずっとぼくらの仲間になるよ。君が旅行から帰ったら、あらゆる運送手段や投機によって、世の中を必然の成行きで循環している金《かね》と幸福の一部を、手元に引き寄せるすべを知っている人たちの仲間に喜んで加わるだろう。世界各地の天然と人工の産物に目を向け、それらが必需品として交互に交換されている様子を観察することだな。そのときどきにもっとも求められていながら、欠乏していたり、入手困難なのがなにかを見きわめるとか、人の欲しがっているものが容易に、迅速に手に入るようにするとか、ぬかりなく仕入れておいて、この大がかりな循環のその時その時の利益を引き出すとかに、頭を働かせて気を配るのは、なんという美しいことだろうね。これは頭のある人間にとって、実に面白いことだと思うよ（前掲書、五五頁以下）

ヴェルナーは市場での需給の動向を注視し、分析することを通して、人々が何を求め、何をしようとしているか、ひいては、人々の生活についての知識を得ることができると言っているわけである。これは二〇世紀における、計画経済の台頭に抗して、市場の自由を擁護した経済学者フリードリヒ・フォン・ハイエク（一八九九―一九九二）が、市場を擁護する時に強調した論点である[5]。それだけに留まらない。文学や演劇が、人間のリアリティ、特に「市民社会」のリアリティを描き出そうとするのであれば、金のやりとりを通して明らかになる人間の「欲望」を知らねばならない。

この時点でのヴィルヘルムには、自分の演劇の中で表現しようとしている人間たちが、人と人

5　これについては、拙著『いまこそハイエクに学べ』（春秋社、二〇一一年）の第二章を参照。

が貨幣を介して結ばれる市民社会的な関係性の中で自己形成され、その欲望が規定されている「市民」であることをはっきり認識していなかった。「市民社会」という各人が育つ土壌を抜きにして、人間の〝本質〟を描こうとするのだから、滑稽であるし、うまく行くはずがない。『マイスター』という作品は、主人公がその理屈の上では当たり前のことを、身をもって学んでいく過程を描いていると言っても過言ではない。

演劇の経済学

一巻の十三章で、商売の旅に出たヴィルヘルムは、俳優のメリーナと知り合う。メリーナは、ヴィルヘルムの取引先の娘にフランス語を教えている内に恋仲になり、駆け落ちして捕まり、裁判にかけられる。その話を聞いたヴィルヘルムは、マリアーネと一緒になろうとしている自分の願望が責められているように感じる。メリーナのことが気になったヴィルヘルムは、法廷に出かけ、彼に話しかける。

十四章で、メリーナが恋人と一緒になって、再び役者として仕事をするようになるものと期待し、その心構えを聞こうとしたヴィルヘルムに対し、メリーナはもはや演劇に戻るつもりはない、「市民的職業 eine bürgerliche Bedienung」に就きたいと本音を言う。なかなか安定した収入が得られないうえ、同僚のねたみ、座長のえこひいき、観客の気まぐれのせいで気を遣わせられる。

「言うまでもないことですが、座長は座長で、市《いち》の立つ四週間のあいだ、町で少しでも余分に小銭《こぜに》をかき集める許可をもらうために、町の参事会員の誰彼《だれかれ》に土下座してまわらねばならんのです。うちの座長にしても、いつもは嫌な思いをさせられたものですが、根が善良な男ですから、なんども気の毒になったものです。上手《うま》い役者は給料を上げろと言い、かといって下手《へた》な役者の首も切れない。なんとか収入と支出の辻褄《つじつま》を合わそうと思えば、入場料を上げなきゃあならない。たちまち小屋はからっぽです。つぶさないためには、赤字覚悟で細々《ほそぼそ》やってゆくしかないのです。ねえ、ヴィルヘルムさん。さっき仰しゃったように、私どもの面倒を見てくださるおつもりなら、彼女の両親に本気で話してみてください。この町でなにか職を探してもらってください。書記か収入役にでも雇ってもらえれば言うことはないのですが」（前掲書、八一頁以下）

役者の生活が劇団内外の経済的関係性に依存していて、不安定であることを身をもって知っているメリーナは、これを機に役者を辞めて、安定した公務員になりたいと思っているわけである。それに対して、お金のことであまり苦労したことがなく、演劇への理想に燃えているヴィルヘルムは、メリーナの問題は経済ではなく、精神にあると考え、長々と演説し始める。

「かわいそうなメリーナ。君が克服できない不幸は、君の職業のうちにあるのではなく、君のうちにあるのだ。この世の人間は誰でも、心から打ちこめる職業がなければ、職人仕事であれ、芸術であれ、そのほかのどんな生き方をしてみたところで、君のようにその状態を耐え難いものに思うにちがいないのだ。自分にふさわしい才能をもっている者は、その才能のうちに、もっとも素晴らしい人生を見出すのだ。この世に苦労をともなわないものはなに一つない。内的な衝動、興味、愛、これが障害を乗り越えさせ、道をひらき、他人があくせくと苦労しているせまい圏から救い出してくれるのだ。舞台は君にはただの板で、割り当てられた役は、小学生の宿題と同じだ。観客は君の目には、仕事日に彼らがお互い同士考えているような人間にしか見えないのだ。だから自然君《きみ》には、机に向かい、罫引《けいひ》きの帳簿の上にかがみこんで、利子をかきこんだり、残金をほじくり出す仕事だって、同じことに思えるのだ。(……)」(前掲書、八二頁)

「内的な衝動 der innere Trieb」さえあれば、どんな「職業 Beruf」にも生き甲斐を見出すことができるはず、というのはいかにも正論であるが、それを口にしているヴィルヘルム自身はようやく父親の仕事の手伝いを始めたばかりの、社会経験が乏しい未熟な若者である。しかも彼自身、商人という職業をつまらない物と思い、役者になったら未来が開けると思っているわけである。未熟な若者が、自分のことは完全に棚に上げて、自分が憧れている職業に実際に就いて苦労してきた(元)プロに向かって説教したがるというのは、現代でもありがちの話だが、傍で聞いている方が恥ずかしくなる。

この二人のやりとりは、一方において、この小説が公表された百十年後に、社会学者のマックス・ウェーバー(一八六四–一九二〇)が『プロテスタンティズムの倫理と資本主義の精神』(一九〇四－〇五）で明らかにしたような、各人が自らに与えられた「職業」に真剣に取り組むことを重視する倫理観が、市民社会にかなり浸透していたことを示唆している——「職業」という意味のドイツ語〈Beruf〉の原義は、神からの「召命」である。他方で、人は自分の抱えている問題に直接気付きにくいが、他人を鏡（反面教師）とすることで、それに——最初は純粋な他人事として——気付くことが多い、というより一般的な真理を示している。

結局メリーナは、恋人の両親から結婚を黙認してもらったものの、職を世話してもらえず、二人で役者としての仕事を探す旅に出る。この時点でのヴィルヘルムは、若さゆえの根拠のない自信に満ちているが、マリアーネの身持ちの悪さに関してヴェルナーからいろいろ聞かされ、商売のこともあって彼女と疎遠になっていく内に、自分の演劇の才能に対する自信も揺らぎ始める。いったん演劇を諦め、商売に打ち込むことになるが、やがてまた演劇に対する情熱が復活してくる。そうした中でヴィルヘルムは、最近解散した劇団のメンバーであるラエルティスとフィリーネに出会い、綱渡りの一座の座長からミニヨンを買い取り、さらにメリーナ夫妻とも再会する。

第二巻の六章で、メリーナは、以前にいた一座の舞台装置が売りに出ているので、それを買い取って小劇団を組織できないかと考え、ヴィルヘルムに資金提供してくれないかともちかける。ヴィルヘルムは最初ははっきりした態度を示さなかったが、一緒に芝居をやるのにふさわしい仲間が出来、マリアーネの身持ちの悪さに関するひどい噂を改めて聞かされたこともあって、十四章で、資金提供に同意し、道具の処分が委託されていた公証人に手形で、三〇〇ターラーの代金を支払った。ミニヨンの代金はその十分の一の三〇ターラーであった。当時の中流の市民の年収が二〇〇~四〇〇ターラー程度で、ゲーテがワイマールの宮廷に仕え始めた時の年収が一二〇〇ターラーである。[6]

三巻一章でメリーナは、舞台装置を手に入れ、市の参事会員の何人かからすぐに営業の許可を出してもいいという約束をしてもらい、仲間たちの前で自らのこれまでの経歴とヴィルヘルムへの感謝を述べたうえで、みんなと契約を結びたいと申し出る。役者たちは、雇われ口が出来たことを喜び、当面は安い報酬で我慢することにして、契約を結ぶことにした。最初は有力な貴族の館に招かれて一定の成果を収めたが、四巻で一座が強盗に襲われ、道具や資金を奪われ、ヴィルヘルムも重傷を負うという事件があり、一座は窮地に陥る。ヴィルヘルムは自分の未熟さを思い知らされる。迷惑をかけた仲間に、その「損失 das Verlorne」を「高利 Wucher」を付けて返そうとするが、名案が思い浮かばない。

四巻十三章で、彼はかねてから知り合いだった、大きな一座を率いる座長ゼルロを訪問し、自分の一座のメンバーたちに仕事を与えてくれないかと懇願するが、演劇を観客相手のビジネスだと割り切って考えているゼルロは、なかなか首を縦に振らない。メリーナの一座の役者たちの技能はそれほど高くなかったからである。ただし、折を見てヴィルヘルムの一座のメンバーの力量を冷静に見極め、見込みのある者にはアドバイスをするということもやっていた。一方、ヴィルヘルム自身は、家族やヴェルナーに対して、商売のための修業を続けているという体で近況を伝えていた。ヴェルナーたちを信用させるために、ラエルティスに手伝ってもらって、経済的な観点からの現地レポートのようなものを作って、送っていた。

そうした宙ぶらりんの状態が続く中、五巻一章でヴィルヘルムは、父の死を告げる、ヴェルナーからの手紙を受け取る。それに続く手紙でヴェルナーは、家の商売がうまく回らなくなったので、かねてからの約束通りヴィルヘルムの妹と結婚して、財産の管理を引き受けることにしたいと提案する。ヴィルヘルムが旅先で商売に必要な研鑽をつんでいると信じていた——あるいは、信じているふりをした——ヴェルナーは、彼にはそのまま研鑽の旅を続けてもらってもいい、と言う。しかし、このまま誤魔化し続けるのは心苦しいと思ったヴィルヘルムは、自分が商人としての修業は既に放棄しており、演劇人として歩んでいく決意をしたことを告げる。そのうえで、財産の運用はヴェルナーに任せることに事実上同意する。

ちょうどその頃ゼルロは、自分の一座のメンバーが給料の値上げを要求していたため、一座の大幅なリストラをすることを計画していた。彼はヴィルヘルムに役者として舞台に立つことを勧めていた。ヴィルヘルムはヴェルナーへの返事をした後、ゼルロの申し出を受け入れる。それに伴って、ヴィルヘルムとメリーナの一座の者たち全員が、ゼルロと契約することになった。

結局のところ、ヴィルヘルムは、祖父や父が商人として築いた財産のおかげで芝居に打ち込むことができたし、演劇の世界に入ってもゼルロのように、商売のうまい業界人に頼らざるを得ない。演劇もまた市民社会の中での生身の人間の営みである以上、経済のメカニズムに組み込まれているのである。

6　坂井栄八郎『ゲーテとその時代』等を参照。

演劇の現実

四巻の十三章以降、シェイクスピアの『ハムレット』（一六〇〇―〇二頃）に強く関心を持つヴィルヘルムは、ゼルロとこの作品をめぐって議論することになるが、そこにゼルロの妹で女優でもあるアウレーリエが加わって来る。ハムレットの恋人オフィーリアをどう演じるかという話から始まって、演劇の現実と理想のギャップについて語り始める。彼女も最初は、ドイツ人たちは演劇に対して理解のある国民であり、自分の舞台の観客はその中でも特に感性の優れた高貴な人たちだと思っていたが、やがてそれが幻想だということに気が付いた。

不幸なことに、芝居好きのひとびとの興味をひくのは、女優の素質や芸だけではなかったのです。彼らは若い、いきいきとした娘に、さまざまな要求をもちかけてきたのです。彼らは、わたしが彼らのうちに呼び起こす感情を、個人的にも彼らと分ち合うのがわたしの義務だということを、あからさまにわたしにわからせようとしたのです。あいにくそんなことはわたしの好みではありませんでした。わたしは彼らの心情を高めようと願いましたが、彼らの言う心とやらには、なにも要求したことはないのです。あらゆる身分、年齢、性格のひとびとが、つぎつぎに、わたしのお荷物になりました。なによりも嫌だったのは、堅気《かたぎ》の娘のように、部屋にとじこもって、いろんな厄介事からのがれることができなかったことでした。（山崎章甫訳『ヴィルヘルム・マイスターの修業時代（中）』岩波書店、二〇〇〇年、九七頁以下）

俳優、特に女優を身体的な芸術の実践者、芸術家というより、性的なニュアンスを含んだ娯楽の提供者、ホステスやホストのように扱おうとするというのは、現代にも見られる——というより、演劇のメインストリームがテレビ・ドラマや映画などの大衆娯楽産業に取り込まれ、著名な俳優が芸能界という領域で活躍している、現代日本でより顕著に認められる——〝普遍的〟現象である。ただ、考えてみると、これは不可避的な現象である。絵画や彫刻、小説、詩のように、作品とそれを作り出した人間が分離していれば、鑑賞者や読者にちゃんとした見る目、読む力がなかったとしても、作品それ自体に向き合わざるを得ない。知ったかぶりをしたいのであれば、作品それ自体について語らねばならない——作品それ自体ではなくて、作者の人格の話ばかりしていると、その芸術を理解していない人間と見なされる。

それに対して、演劇は生身の人間が演じるので、あまり見る目がない観客は、俳優の容姿や声など、脚本や演技の技術とは関係なさそうなことにばかり目が行きがちになる。ただ、容姿や声の質は、上演された作品の全体的な印象に影響を与えるし、配役も監督の重要な仕事であるので、観客の俳優に対する好みが演劇という芸術に全く無関係とも言い切れない。俳優の外見にばかり囚われることなく、作品全体をきちんと見てくれる上質な観客が一定数いて、その数と、職業的な監督や俳優の数とが釣り合っていれば、余計なサービスを求めるレベルの低い観客を排除することが可能かもしれないが、そういう理想的なバランスが実現することはほとんどない。国家や地方自治体が文化事業として財政支援してくれるのであれば話は別だが、全ての劇団がそうした好条件を得られるわけではない。市民社会の市場の原理に依拠しながら細々と活動する劇団の多くは、個人的なパトロンになってくれそうな金回りのいい客の要望にある程度応えざるを得なくなる。

ヴィルヘルムは、貴族の屋敷に招かれての公演を経験して、客の無茶な要求に応えざるを得ない現状をある程度分かっていたはずだが、兄の劇団で理不尽な扱いを受けてきたアウレーリエの口から、道を踏み外した僧侶、田舎貴族、面白みのない役人、金儲けにせいをだしている商人、謙遜めかして傲慢な学者……など様々な客の下卑た要求について語られると、それを、女優の現実として受けとめるしかない。

それは、ヴィルヘルムが捨ててしまったマリアーネの現実であったかもしれない。マリアーネは生活のため、ノルベルクという商人の援助を受けていたが、ヴィルヘルムにはそのことが耐えがたかった——もっとも、それはヴィルヘルムの思い込みで、マリアーネはヴィルヘルムへの愛を貫いて、ノルベルクの申し出を断っていたことが後になって明らかになる。しかし、それは今やヴィルヘルムの周囲の女優たちの現実であった。ヴィルヘルムを誘惑し、恋人であるかのように振る舞いながら、いろいろな有力者に媚を売るフィリーネも、女優として生き残るために、そうせざるを得なかったのかもしれない。七巻八章で明らかになるように、マリアーネは元々裕福な家の娘で世間知らずのまま育ったが、家が財産を失ってしまい、どうやって生きていけばいいか分からないまま身を売ることになり、最終的に女優になったのである。女優ではないが、ヴィルヘルムの養女になったミニヨンも同じような境遇である。裕福な商人の息子として、純粋な芸術としての演劇に憧れていたヴィルヘルムには、俳優たちの境遇や生活の現実が見えていなかったのである。

四巻の十八章では、ゼルロのこれまでの人生が紹介される。ゼルロは元々演劇一家に生まれ、幼い頃から父に演技を仕込まれ、子役として舞台に立って、観客から喝采を受け、道化役として人気を博していた。彼は物まねの天分を持っていた。父の下を離れて独立した彼は、修道院で宗教的仮面劇の一座に加わって盛況を博したのを皮切りに、ドイツ各地を回り、様々な劇団を渡り歩いた。器用な彼は、芸術の面ではあまり洗練されていなかった民衆の心を摑むような表現方法を工夫し、どうやったら気に入るのかそのコツを摑んでいった。

もてはやされているいくつかの芝居のなにかの役ではなく、それらの芝居の全体を、彼は容易に記憶しただけでなく、同時に、それらを演じて喝采を得ている俳優の独自な調子をも頭に刻みこんだ。こうして放浪をつづけているうちに、たまたま懐中に一文もないという状態におちいったことがあった。そこで彼は、これらの作品を一人で、貴族の館《やかた》や村々で演ずれば、食いぶちと宿銭《やどせん》ぐらいは手軽に稼げるのではないかと思いついた。飲み屋や部屋や庭がたちまち舞台になった。ふざけ半分の真剣さと、見せかけの熱意で、見物人の空想力をかき立て、その感覚を欺くことに成功した。彼らが両目を開けて見ている前で、古簞笥《だんす》を城に、扇子《せんす》を短刀に変えた。若さの熱意が深い感情の欠如を補い、がむしゃらさが強さに、へつらいが優しさに見えた。すでにそれらの芝居を見たことのある人たちは、見たり聞いたりしたことのすべてを思い出し、そうでない人たちには、なにか不思議なものの予感を呼び起こし、それらをもっとよく知りたいという願いをかき立てた。一つの場所で成功をおさめたものは、ほかの場所でも繰り返し、あらゆるひとびとを、即席の同じやり方でぺてんにかけるのに成功するごとに、心中ひそかに意地の悪い喜びを感じた。（前掲書、一一八頁以下）

ゼルロは芸術としての演劇の可能性を探究してきたというより、観客を楽しませるツボを探り、それによって彼らの感情をコントロールする技を磨いてきたわけである。本当に演技に真剣になっているのではないけれど、自分が真剣になったふりをしないと、観客が盛り上がらないので、真剣なふりをする。本当は特に伝えたいものはないけれど、いかにも何か伝えたいものがあるような思わせぶりをして、客の関心を引く。演劇を商売と割り切った、現代のエンタテイメント産業の業界人のような感覚で世渡りしている人間である。ただ、芸術的感性がないくせに芝居が分かっているようなふりをする俗物を騙して意地悪い喜びを感じるというのは、芸術家的もしくは批評家的なセンスと言えなくもない。

彼は心が冷やかであったので、真に人を愛するということはできなかった。目が醒《さ》めていたので誰も尊敬できなかった。というのは、彼はつねに人の外面的な特徴のみを見、それを自分の演技の材料として取り込んだからである。しかし同時に、誰にでも気に入られ、どこでも喝采されるのでなければ、自尊心をひどく傷つけられた。しだいに彼は、いかにして喝采を得るかに注意を傾け、心を研《と》ぎすましたので、ついには、演技のみでなく、日常生活においても媚《こ》びることしかできなくなった。彼の気質、才能、生き方が相互に作用し合って、いつの間にか彼は完璧な俳優になっていた。事実、一見奇妙に思えるが、まったく自然な作用と反作用によって、また洞察と訓練とによって、彼の朗唱、吟唱、身ぶりによる演技は、高度な真実と自由と率直さの段階に達したのであった。同時に、実生活と交遊においては、ますます人目をしのび、技巧的に、いや、欺瞞的に、臆病になった。(前掲書、一二〇頁以下)

ゼルロは、自分の演劇の芸術的価値よりも、それがどれだけ客ウケするかに気を遣う、エンタテイナー的な人物であるが、その商売意識に徹しすぎているがゆえに、実生活の全てが「演技」になってしまった、ある意味、極めて――芸術家的とは言えないかもしれないが――芸術的な人格である。私たちは日常的に、自分の〝本心〟とは異なる態度を表面上取ることがしばしばあるが、それを演劇のメタファーで「演技する spielen」と表現する。ただ、「演技」という行為が成立するには、それとは明確に異なる〝本当の自分〟があるという前提が必要である。では、「〝本当の自分〟とは何か?」、と改めて問うてみた時、ほとんどの人はまともに答えることができない。

そもそも私たちは、物心ついた時から、他人の仕草、言いぐさに触れ、それを真似している内に、いくつかの要素が身に付き、何となく自分の個性にしている。特に人々の職業や地位が多様化し、人間関係が流動化している「市民社会」では、あまりにも多くの人の真似をしているので、どの身振りのモデルが誰だったのか分からなくなっている。〝本当の自分〟というのは、人真似の連続の中で形成されたものであって、他人の真似＝演技であるものを全て取り去ったら、玉ねぎの皮を剝き続けるのと同じように、何も残らないかもしれない。「人格」を意味する英語〈person〉の語源であるラテン語〈persona〉は、「仮面」という意味である。

そう考えると、「役者＝見せる演技者 Schauspieler」というのは、技巧を凝らした「演技」によって、連続的に「演技する」ことを通して各自の「人格」を形成している人間、特に「市民」の本質を表現する存在だと言えそうだ。だとすると、エンタテイメント性に徹することで、人生と人格の全てが演技で、どこにも〝本当の自分〟がない（と自覚した）状態へと自らを至らしめたゼルロは、通常とは異なる意味で、〝根っからの役者〟なのかもしれない。これは、平凡単調な市民生活を脱して、〝本当の自分〟になるために、役者を目指した主人公ヴィルヘルムとは真逆の道であり、彼はこの小説中盤におけるアンチヒーロー的な存在だと言える。しかし、同時に、流行作家としての全ドイツ的な名声のおかげでワイマール公国の宰相となり、ワイマール宮廷劇場やイエーナ大学の運営など様々な文化事業をてがけた、エンタテイナー・事業家としてのゲーテのもう一つの顔を代表しているようにも見える。

ヴィルヘルムとゼルロは対照的なキャラクターではあるが、芝居の興行を成功させたいという熱意は共有しているし、お互いの演劇に関する才能は認め合っており、それぞれの目的のためにお互いを必要としていたわけである。それで一応うまく行くように見えたのだが、その関係は長く続かなかった。ゼルロは、ヴィルヘルムとアウレーリエが結婚することを前提にして、彼に座長の仕事の大部分を任せるようになったが、そのことに劇団のメンバーが不満を抱くようになった。ヴィルヘルムはいろいろな事態にきちんと几帳面に対応し、機械的に処理できることは機械的に処理するという姿勢を貫き、劇団に秩序をもたらそうとしたが、反抗はますます強まった。

実際しばらくのあいだは、ほとんど理想的とも言えるほどの状態であった人間関係が、たちまちのうちに皆、どこかの旅回りの一座でしか見られないほど、乱脈なものになった。そして残念なことに、ヴィルヘルムには、苦労と勤勉と努力を重ねて、この道の名人たるに必要なあらゆる要件を体得し、人格も活動の仕方も、それに合わして鍛え上げてきたいまになって、結局、気の沈む時などには、この仕事ほど、それに要する時間と労力に価しない仕事はほかにはないような気がした。仕事は面倒で、報酬は乏しかった。（前掲書、二四一頁）

人間関係がややこしくなり、事務仕事が増えたせいで、ヴィルヘルムも自分のやっていることが芸術であるというより、生活のためのビジネスのように感じ始めたわけである。ゼルロの心境が、ある程度分かるようになったということである。

五巻十六章で、公の喪があり、劇団は数週間休演せざるを得なくなる、ということがあった。暇が出来たのでヴィルヘルムは、メリーナの一座に同行していた、竪琴弾きの老人を訪ねることにした。この老人が竪琴を奏でながら謳う物語詩にヴィルヘルムは魅せられ、道連れにしたが、老人は、自分は罪深いものなので、傍にいると災厄がふりかかるから、みんなのもとから去らせてくれ、とかねてから言った。劇団が休演になる少し前に、老人がはっきりと狂気の兆候を示すようになったので、ヴィルヘルムはやむなく、彼を、そうした病人の扱いに慣れている地方の聖職者に預けていた――後（第八巻）になってこの老人は、チプリアーニ侯爵の弟の元修道士であり、血が繋がっていることを知らないで実の妹のスペラータと関係を持ってしまい、二人の間にミニヨンが生まれ、彼女は里子に出された先で行方不明になった、ということが判明する。

ヴィルヘルムが留守にしている間に、メリーナがゼルロに対してヴィルヘルムのやり方を批判し、路線変更を提案したせいで、状況は大きく変わった。ヴィルヘルムは衣装や舞台装置、小道具のために気前よく支出して、座員たちの忠誠心を繋ぎとめていた。経理を担当していたアウレーリエもそれを良しとしていた。メリーナは、もっと支出を減らして、収入を増やすことが可能だとゼルロに示唆した。役者たちの中には優れた者もいるが、それにしても彼らは稼ぎに対してもらいすぎている。昔のように、主要な部分はゼルロ一人でやり、残りはもっと安い給料で雇える、お粗末な連中で間に合わせればいいのではないか。余った連中はオペラに回せばいいのではないか。元々音楽好きだったゼルロは乗り気になった。ただ、いい加減な芝居をやっていると、これまでヴィルヘルムの下で培われた若干の芸術趣味も台無しになるのではないか、と若干の懸念を示した。

メリーナは、ヴィルヘルム流のこうしたこうるさい理想主義や、観客によって教えられるのではなく、観客を教育するという思い上がりを、容赦なく笑いとばした。こうして二人は、金《かね》さえ儲かればいいのだ、金持になるか、あるいは陽気に暮らしさえすればいいのだ、という確信で一致した。そして、彼らの計画の邪魔になる人間は放り出したいものだとさえ言った。メリーナは、アウレーリエの健康が思わしくないので、長生きできないのではないか心配だ、と言ったが、心ではその真反対を考えていた。ゼルロは、ヴィルヘルムが歌手でないのを残念がったが、それによって、そのうち彼にやめてもらうつもりであることを匂わせた。メリーナは、節約できそうなものを表にして持ってきた。ゼルロは、彼によって三倍も、亡くなった義弟［アウレーリエのかつての夫で、ゼルロの片腕を務めていたが、若死にした人物のこと……引用者注］の穴埋めができると思った。彼らは、この話し合いは秘密にしておかなければならないことをよく心得ていたので、ますます固く結ばれ合った。そして機会があるごとにあらゆる出来事についてひそかに話し合い、アウレーリエとヴィルヘルムの企てることには、すべてけちをつけ、頭のなかで、彼らの新しい計画をますます練り上げていった。（前掲書、二五一頁以下）

ゼルロのヴィルヘルムに対する態度は次第に冷たくなる。そして、アウレーリエの健康状態が急に悪化して、亡くなる。ヴィルヘルムは、アウレーリエが夫を亡くした後、精神的指導者として尊敬し、親しくしていたロタ―リオに彼女の死を伝えるべく、数週間の暇を取って旅に出る。七巻でロタ―リオの城を訪れたヴィルヘルムは、ロタ―リオとの会話や帰途でマリアーネの家政婦だったバルバラと出会ったことで、マリアーネの真実と、それまでアウレーリエとロタ―リオの子だと思っていたフェーリクスが、マリアーネと自分の子だと知る。七巻八章で、自分がいない間に劇団に大きな変化があり、自分が既にお払い箱になっていることを悟ったヴィルヘルムは、ミニヨンとフェーリクスを引き取ることにして、劇団を去り、ロターリオたちの「塔」の結社に新たな活動の場を見出そうとする。

結局のところ、商売としての演劇を追求したゼルロやメリーナが、芸術としての演劇を追求したヴィルヘルムを追い出す形で、ヴィルヘルムの演劇修業は終了したわけである。このことは、市民社会の演劇は、貨幣の論理と、大衆の素朴な想像力に奉仕しない限り、生き残ることができない、という身も蓋もない現実を示しているように見える。劇団を辞めて、地道に生きていこうと決めたヴィルヘルムは、自分の財産がどうなっているのか初めて気になり、ヴェルナーに問い合わせの手紙を書くことになる――ヴェルナーとは、ロターリオが提案した土地の共同購入・経営の件で、偶然再会することになる。

市民社会における選択とハムレット：近代人の自意識

ヴィルヘルムは貴族の館で芝居をすることになった際、ある人物に勧められて、シェイクスピアを読み、特に『ハムレット』に強い関心を持った。既に述べたように、ゼルロやアウレーリエとも、この芝居をどう演出するかをめぐって長々と議論し、省略することなく台本通りに上演することに拘っている。『マイスター』全体の中で作中作として重要な位置を占めているように見える。四巻十三章から五巻十五章まで、つまり、小説全体の中盤は、『ハムレット』論と、『ハムレット』をどう演じるべきか、その反響はどうだったかをめぐって物語が展開する。では、ヴィルヘルムにとって『ハムレット』はなぜ特別なのか？

周知のように、『ハムレット』は、王位と王妃を狙う叔父クローディアスによって自分の父を殺され、そのことを父の亡霊から告げられたデンマークの王子ハムレットが、その復讐をするかどうか迷い続けた挙句、復讐を成し遂げるが、親友だったレイアティーズとの決闘で、毒を塗った剣で傷付けられていたため、自らも死ぬことになる。また、レイアティーズとその妹でハムレットの恋人であったオフィーリアの兄妹の父であるポローニアスを、王となったクローディアスと間違えて殺してしまったため、オフィーリアは復讐しようとする兄と恋人の間で板挟みになって、自殺するに至る。ハムレットの母ガートルードも、クローディアスがハムレットを殺すために用意しておいた毒の入った杯を口に付けて死ぬ。主要人物は全て死ぬことになる。

「生きるべきか死ぬべきか、それが問題だ。To be or not to be : that is the question」という有名なフレーズに代表されるように、まさに命がかかっているハムレットの究極の選択に比べると、（劇中でハムレットを演じることになる）ヴィルヘルムはそこまで切迫した状態に置かれていないように見える。ただ、それまで曖昧な生き方をしてきた青年が、父親が死んだ後、自分がどう生きるべきか選択を迫られるという点は、似ているように思えるし、（劇中でオフィーリアを演じる）アウレーリエが恋人と兄の板挟みになり、病死だとはいえ亡くなっていることが、『ハムレット』との関係を寓意的に示しているようにも見える。ヴィルヘルムは、ゼルロやアウレーリエと『ハムレット』について語り合っている場面で、主人公ハムレットのキャラクターについての自らの見解を述べている。彼は、現れた父の亡霊に、その死の真相を告げられたうえ、復讐を要求されて戸惑うハムレットの心境を想像するようゼルロに促す。そこに、この芝居のカギがある。

亡霊が消えたとき、われわれの前に立っているのは何者か。復讐に勇み立つ若き英雄か。自分の王冠の簒奪者《さんだつしゃ》にたいする挑戦を求められたことを仕合せと感ずる、生まれながらの王侯か。いいや、驚きと悲哀がこの孤独な青年をおそうのだ。彼はほくそ笑む悪人を憎み、亡き父を忘れないと誓う。しかし最後に、意味深い吐息をついてこう言うのだ。『時代の関節がはずれている。それをはめ直すために生まれてきたとは切ないことだ』

この言葉に、ハムレットのすべての行動を解く鍵があるとぼくは思う。シェークスピアは、行為に適しない魂に、重大な行為を課することを描こうとしたのだとぼくには思える。この意味で、あの作品は一貫して書かれている。可憐《かれん》な花を植えるために作られた高価な鉢に樫《かし》の木を植えるようなものだ。樫は根を張り、鉢は壊れる。

英雄を作る心の強さをもたない、美しく、清らかで、高貴な、きわめて道徳的な人が、担うことも、捨て去ることもできない重荷のために亡《ほろ》びてゆくのだ。どの義務も彼には神聖だが、重すぎるのだ。彼は不可能なことを求められる。それ自体は不可能ではないが、彼にとっては不可能なことだ。（前掲書、七五頁）

ヴィルヘルムから見たハムレットは、王侯に相応しい英雄然とした態度を自然と取ることができない、繊細な性格の若者である。そういう彼でも、何事もなかったら自動的に王位に就けたはずだが、変則的な事態が生じ、身分が変わってしまった。亡霊さえ現われなければ、新しい身分を受け入れ、何も知らないまま、それなりに平穏に生きていくことができたかもしれないが、亡霊の出現によって、それが許されなくなった――「亡霊」は、文字通りの意味での亡霊ではなく、ハムレットが無意識の内に抱いている疑惑、父に対して抱くコンプレックス、王家の伝統の隠喩などとして解釈することもできる。

ヴィルヘルムが引用している、「時（代）の関節がはずれている。それをはめ直すために生まれてきたとは切ないことだ The time is out of joint: O cursed spite, /That ever I was born to set it right!」という有名な台詞は、そうした時間の流れの混乱と正常化の義務を意味しているわけである。ヴィルヘルム自身は別に他人の陰謀に巻き込まれたわけではなく、最初は自発的に演劇に関わったわけだが、メリーナたちとの遭遇や、強盗の襲撃、ゼルロの思惑などによって、自分の意志を超えて、演劇との関わりがどんどんリアルなものになっていき、この会話の後、父親の死の報に接して、最終的な二者択一を迫られることになる。彼にとっても、時の関節が外れているとも言える。実務的なことには向かない繊細な心の持ち主なのに、商人として家業を継ぐか、一座やミニヨンと共に生き、彼らの生活に対する責任を引き受けるのか、というどちらにしても性に合わない選択を迫られているところも、「鉢」とそこに植えられた「木」のサイズ感が合っていないハムレットの矛盾と重なっていると見ることができる。

ハムレットとヴィルヘルムの境遇は、さほどきれいに対応していないが、シェイクスピア以前（一七世紀以前）の時代の王族であるハムレットと、一八世紀後半の商人の息子であるヴィルヘルムの境遇がそろっていれば、かえって不自然であろう。むしろ、演劇人である後者が、テクスト解釈上の想像力を働かせれば、自分との共通性がそれほど明確でない主人公に強く――ある意味、思い込みで――感情移入する、という方がむしろ自然だろう。ゲーテはそのあたりのバランスを考えながら、両者のパラレルな関係を描いているように、私(=仲正)には思える。二章で述べたように、人間は伝承されてきたエクリチュールの中に自己のアイデンティティのモデルを見出すが、文学や演劇に魅せられた近代の青年においてはその傾向がかなり顕著になる。

〈Time is out of joint〉という表現は抽象的なので、様々な解釈が可能である。ヴィルヘルムのように、物事の正常で自然な進行が阻害されているという意味で解釈するのが普通だが、現世に亡霊が出現するような時空の歪みが生じている、という哲学的な意味に取ることもできる。また、ハムレット個人やデンマークの王家にとっての時の流れだけでなく、デンマーク国全体、あるいは、ヨーロッパの秩序が乱されている、というより大きな意味に取ることもできる。さらに言えば、ハムレットの舞台設定を超えた、(シェイクスピアあるいはゲーテから)観客や読者に対するメッセージとして受けとめた場合、近代化による社会の変化で、人々のアイデンティティや価値観が流動化し、今までとは同じように物事が進んでいかず、時間感覚・秩序感覚がおかしくなりつつあることを示唆しているようにも思える。「時代の関節が外れている」わけである。

父親の死を知らされた後のヴィルヘルムの態度を見ると、彼が「時(代)の関節が外れている」と感じている様子がうかがえる。五巻一章で、ヴェルナーからの手紙を受け取った直後のヴィルヘルムは、思いがけない父の死によって強く揺さぶられ、自分が選択肢を突き付けられたことを自覚する。

まもなくヴィルヘルムの思いは自分自身の境遇に帰り、少なからざる不安を覚えた。人間は、気持も考え方もまだ用意ができていないのに、外部の事情によって境遇に大きな変化がもたらされる時ほど、危険な状態におちいることはない。そうなると、思いもかけない人生行路が開《ひら》け、人間が、その新しい状態に応ずる力がそなわっていないことを感ずることが少なければ少ないほど、いっそう大きな危険が生ずるものなのである。

ヴィルヘルムは、自分の身のふり方もきめかねている瞬間に自由になった。彼は、自分の考えていることは立派であり、意図は純粋で、企てていることも非難されるようなものではないと思った。すべてのことを、自ら多少の自信をもって認めることができた。しかし彼は、経験に欠けていることに気づく機会が多かったので、他人の経験や、彼らがそこから引き出す結論に、過度の価値を置き、そのためますます混迷におちいった。(前掲書、一三九頁以下)

この箇所での心理描写からすれば、外的状況の変化で急に岐路に立たされ不安になっているヴィルヘルムが、自覚的にか無自覚的にか、自分の境遇をハムレットに重ね合わせているのは明らかだろう。ハムレットがそうであるように、自分も未経験で新しい状況に対応する準備ができていないと感じ、不安になっている。ただ、彼は選択することが、「自由」を意味すると思っており、その点でハムレットとは異なっている。不安と隣り合わせの「自由」の喜びは、彼の市民としての自覚に根ざしている。

五巻三章でのヴェルナーへの手紙の中で、ヴィルヘルムは市民とはいかなる人間かについて自らの見解を述べている。その身分が固まっていて、「公的な人格 eine öffentliche Person」としての立場に相応しい容姿や人品を端正なものに磨き上げることだけが義務である「貴族 Edelmann」と違って、自分は「市民 Bürger」なので「自分の道」を選ばなければならない、という。

貴族は日常生活においてなんら制限を受けず、場合によっては、王侯、あるいは王侯にひとしい地位につけるのであるから、つねに平然として王侯の前に出ることができる。彼にはつねに昇進の望みがある。一方、市民にとってもっともふさわしいのは、自分にたいして引かれている境界線のなかで、純粋に、静かな気持で生きることなのだ。市民は、『おまえは何者なのか』とたずねることは許されない。『おまえはなにを持っているか、いかなる見識、知識、能力を持っているか、どれほど財産を持っているか』が問われるだけなのだ。貴族は人格の表示によってすべてをあたえることができるが、市民は人格によっては何物もあたえることはできないし、またあたえるべきではないのだ。貴族は光り輝くことが許されるし、またそうであるべきなのだ。市民は存在するだけでなければならない。（……）市民は役に立つためには、個々の能力を鍛《きた》え上げなければならない。そしてそれには、彼の存在には調和がなく、またあってはならないということが前提となっている。なぜなら、ひとつの方法で役立つためには、ほかのすべては放棄しなければならないからだ。（前掲書、一五〇頁以下）

近代市民社会に「市民」として生まれたヴィルヘルムは、その存在が常に不安定であり、絶えず選択を通して自分が何者であるか、何者になろうとしているかを決定しなければならない。その存在自体が輝き、注目を受ける貴族と違って、特定の能力を磨き、財産や知識を獲得して、周囲から認められねばならない。「市民」は生まれた時から、ミニ・ハムレット、あるいはニュー・ハムレットとして不安定な状態を生き抜かねばならない。上演する作品ごとに、新しい魅力的なキャラクターを暫定的に作り出し、観客に呈示することによってのみ、存在し続けることができる「役者」という職業は、市民の不安定さを象徴的に示していると見ることができよう。ヴィルヘルムは、『ハムレット』という演劇の中に市民的な不安定と、それと表裏一体の関係にある自由の原型を見出したのかもしれない。

修業の終わりと「塔」の結社

演劇におけるヴィルヘルムの修業は、読者の目から見てかなり中途半端に終わっているが、七巻九章で、謎めいた神父がヴィルヘルムに「修業証書 Lehrbrief」なるものを渡し、彼の「修業（徒弟）時代 Lehrjahre」が終わったことを告げ知らせる。この神父は、ヴィルヘルムの妻になるナターリエや義理の兄になるロタ―リオと同じ、「塔 Turm」と呼ばれる秘密結社のメンバーである。小説の後半は、「塔」の人たちとヴィルヘルムの関わりを中心に物語が展開していく。

それまで、俳優にとっての市民社会的現実が、裕福な商人の息子であったヴィルヘルムの視点から語られていたのに、秘密結社などという非現実的なものが急に出てきて、彼の人生に干渉し始める。演劇を通してのヴィルヘルムの人生修業だと思って読んでいた読者は、戸惑ってしまう。しかも、アウレーリエの死に遭遇したヴィルヘルムが気まずい状態で劇団を一時離れるところで終わる第五巻と、神父を始めとする「塔」の面々がヴィルヘルムの前に姿を現す第七巻を結ぶ第六巻は、かなり特異な体裁になっている。「美わしき魂の告白」と題されたこの巻は、ある敬虔な女性が自分のこれまでの人生の内面生活を告白するという形を取っている。ヴィルヘルムとどういう関係にある女性なのかト書き的な説明なしに、いきなり自分語りが始まるので、かなり唐突な印象を受ける。しかも他の巻と違って章の区分がなく、淡々と女性の一人語りが続く。七巻に入っても説明がなく、八巻三章になってようやく、ヴィルヘルムがその手記を読んでいたことと、女性がナターリエたちの伯母であることが明らかになる。

第六巻の存在は、ヴィルヘルムの関心が経済的現実から内面生活へと急速にシフトすることを、小説全体の構成の中に反映したものとして理解することができるが、問題は、何をもって、彼の「(徒弟) 修業」が終ったと判定されたのか、そこに秘密結社が絡んでくるのはどうしてか、ということである。先ず、「秘密結社」についてであるが、ドイツ語圏では一八世紀後半以降、「秘密結社小説 Geheimbundroman」と呼ばれるジャンルが発展した。幻想世界に浸る傾向のあるドイツの王子が、彼を改宗させて利用しようとするカトリック系の秘密結社の陰謀や降霊術師の怪しげな技によって翻弄されていく様を描いたシラーの『見霊者』(一七八七 - 八九) や、古代ギリシアの哲学者が宗教的秘密結社の陰謀に利用される物語として展開していく、クリストフ・マルテイン・ヴィーラント（一七三三－一八一三）の『ペレグリヌス・プロテウス』（一七八九－九一）などがその典型とされる。秘密結社的なものが主人公の運命を操るというパターンのエピソードを含んだ作品は、純文学系、通俗小説系を問わず、この時期のドイツ文学作品に数多く見られる。後期ロマン派を代表する作家E・T・A・ホフマン（一七七六－一八二二）は、短編集『ゼラーピオン朋友会員物語』（一八一九－二一）等でたびたび邪悪な秘密結社を登場させている。

「秘密結社」が文学の素材としてたびたび取り上げられるようになった背景として、現実にフリーメイソン、イルミナティ、薔薇十字団などの秘密結社がドイツ語圏での活動を拡大したということがある。ゲーテも、フリーメイソンのメンバーとして暗躍した伝説の詐欺師アレッサンドロ・ディ・カリオストロ（一七四三－九五）を模した人物を主人公とする喜劇『大コフタ』（一七九二）を創作している。加えて、カトリック教会本体や各国の政府の意向に反する形で国際的な活動を続けるイエズス会が一八世紀以降、カトリック諸国で迫害されるようになったのに伴って、イエズス会の陰謀話が広まり、ステレオタイプ化した。シラーの『見霊者』の秘密結社はイエズス会系である。さらに、フランス革命後、同様の革命をドイツ諸邦で引き起こそうとするドイツ・ジャコバン派が暗躍し始めると、彼らの多くがイルミナティの会員でもあったことから、革命を陰謀論的に捉える言説が流布するようになった。

このように、現実の歴史の動向と秘密結社の暗躍が現実的に結び付いてくると、現実と想像の境界線が曖昧になり、西欧社会の一連の急速な変化は全て秘密結社の陰謀によるのではないか、という大げさな物語が生まれやすくなる。すると、社会の中で自分がいるべき場所を見つけられず、アイデンティティの危機に陥った諸個人は、自分の不安を、陰謀論に投影したくなる。自分がこのような理不尽な状況に置かれているのは、巨大な陰謀を画策する秘密結社のせいではないか、という妄想が生まれる――現代日本のネット空間にも、そうした妄想があふれ返っている。『マイスター』のように、主人公が悩みながらも自分の置かれている状況をそれなりに冷静に把握しながら成長していくタイプの小説は、個人の心の闇と世界の秘密が繋がっていることを匂わせる、秘密結社的な設定とは相性がよくないようにも思えるが、必ずしもそうではない。秘密結社は、主人公を常に見張って陰謀に陥れ、破滅させるものとしてイメージされることが多いが、悪事のために「見張る」のではなく、本人の将来に期待して「見守る」可能性もある。これは現代のヒーロー物のアニメにもよくある設定だろう。アニメの善の秘密結社は、自分の使命を自覚しておらず、まだ精神的にも能力的にも幼いヒーローを導き、正しく成長させる。言わば、（自己）形成（Bildung）の基準と指針を与える。五木寛之（一九三二―　）の小説『風の王国』（一九八五）では、主人公が正しい道を歩み、いつか自分たちに合流してくれることを期待して、幼い時から見守り、本人に気付かれないところでいろいろ手を貸してきた、山の民の子孫たちから成る結社が登場する。塔の結社はそれほど大がかりな組織ではないが、部分的にそれと似た役割を果たしているように思える。

本当の徒弟の修業であれば、親方が徒弟を指導し、修業が修了したか見届ける。しかし、ヴィルヘルムの演劇人としての修業には指導してくれる親方はいない。金儲けに力を入れるゼルロは、彼が模範とすべき師ではない。人生の修業となると、ヴィルヘルムが具体的な指導を受ける間もなく父親が亡くなっており、通常の意味で、師に当たるものは見当たらない。社会の中で自分がどういう役割を果たすべきか誰も教えてくれない。ちゃんとした人生の師がいないというのは、市民社会で大人になる人間の宿命だとも言えるが、自分の成長をちゃんと見守り、判定してくれる誰かがいないと、何を目指して生きたらいいのか分からないので、そういう存在が欲しくなる時がある。「塔の結社」は、フリーメイソンなどの実在する秘密結社をポジティヴに描いたものではなく、自己形成のための手がかりが自動的に提供されない市民社会の中で、修業を導いてくれる師と仲間を求めるヴィルヘルムの願望を表していると見るべきだろう。心の中で頼りになるサークルを求める人は、現代日本にも少なくないと思われる。

件の神父は第七巻で、アウレーリエの死をロタ―リオに告げるための旅に出たヴィルヘルムの道連れになる。神父は第四巻で、ヴィルヘルムの一座が盗賊に襲われた後、彼がしばらく逗留させてもらった牧師館の牧師と同一人物であり、既にヴィルヘルムと面識があった――四巻ではプロテスタントの牧師風の装いだったが、七巻ではカトリックの神父風に装いを替えている。その牧師＝神父の館に、ヴィルヘルムと一座のメンバーを連れていって保護した女騎士は、後に彼の妻になる、ロタ―リオの妹ナタ―リエだった。ロタ―リオの屋敷で、ヴィルヘルムは神父の他、かつて貴族の屋敷での上演（第三巻）の際に、いろいろと助言してくれた、ドイツ文学通のヤルノという謎めいた人物とも再会する。彼は、その屋敷に客として訪れた侯爵の側近とだけ紹介されたが、どういう素性の人物か、他の人達にはあまり知られていなかった。それまで英国の演劇を知らなかったヴィルヘルムにシェイクスピアを読むよう強く勧めたのはヤルノである。ヴィルヘルムはロターリオの屋敷にしばらくとどまった後、いったん一座に戻る。先に述べたように、マリアーネの真実を知り、一座を正式に辞めた後、ロターリオの屋敷に戻ってくる。そこでヤルノは、ヴィルヘルムに自分たちの結社のことを打ち明ける。

「いまぼくたちは君を、安心してぼくたちの仲間と考えることができるようになったので、君にもっと詳しくぼくたちの秘密を教えないのは不当だということになるだろう。初めて世の中に出る人間が、自分の能力を高く評価したり、多くの美点を身につけようと考えたり、あらゆることをやってみようとつとめたりするのはいいことだ。しかしその人間形成がある段階に達したならば、もっと大きな集団に溶けこむことを学び、他人のために生き、義務的な活動のなかで自分を忘れることを学ぶのが、プラスになる。人間はそのとき初めて自己を知るのだ。というのは、行動というものは、本来、自己を他人と比較することだからだ。君の身近に小世界があって、その小世界では君のことをどんなによく知っているかを、まもなく君は知るはずだ」（山崎章甫訳『ヴィルヘルム・マイスターの修業時代（下）』岩波書店、二〇〇〇年、一三二頁）

「小世界 eine kleine Welt」というのは、神父やヤルノたちの結社のことである。この結社が、それまで自分を磨くことで一杯一杯だったヴィルヘルムが、大きな集団の中で他者のために生きる準備ができたと判断し、彼を自分たちの仲間に入れることを決定した、というわけだ。ヤルノの話ぶりからすると、この結社は、相互の人格形成のための社会活動をしており、ヴィルヘルムのこれまでの歩みを近くから見守っていたようである。翌日の日の出前、ヤルノはヴィルヘルムを、館の片側にあり、近付くことが禁じられていた古い「塔」へと連れて行く。

ヴィルヘルムは、「塔」の中の礼拝堂だったらしい場所へと連れて行かれた。祭壇らしいものがあるが、それは幕で覆われていた。その幕が開くたびに、ヴィルヘルムが物語の要所要所で出会った人物たちが登場する。最初に登場したのは、第一巻の十七章（最終章）で、マリアーネとの別れのきっかけになる出来事の直前に出会った「見知らぬ人」だった。この人物は、マイスター一家のことをよく知っている様子で、彼の祖父の美術コレクションや人生における偶然の意味について意見を述べた。彼はそのことをヴィルヘルムに思い出させる。その後、（神父と本当に同一人物であったかどうか定かでなくなった）田舎牧師や、貴族の館で彼にヤルノがどういう立場の人物か教えた士官が登場し、彼に声をかける。それらの言葉を聞いている内に、ヴィルヘルムは、自分がこれまで見当外れなところで、自己形成（Bildung）しようとしていたのではないか、という気になってくる。最後に、『ハムレット』の父王の霊の扮装をした人物が登場し、おまえに対するわしの願いは満たされたので、わしは安心して去っていく、と告げる。ヴィルヘルムは、その声を、亡き父の声であるかのように感じる。

こうなってくると、ヴィルヘルムに、芸術としての演劇が人生の全てであるかのように思い込み、それだけに没頭することの愚かさを気付かせるべく、結社の面々が、彼が『ハムレット』に関心を持ち、主人公に自分自身の似姿を見るよう組織的に誘導していたのではないか、と思えてくる。演劇のための演劇にのめり込むことについて、ヴィルヘルムに反省させるために、西欧近代の最大の劇作家の最も高く評価されている悲劇作品を利用したうえ、修業の最後の終わりを、舞台仕立てで演出するのだから、実に手が込んでいる。この舞台仕立ての再登場が終ったところで、神父が修業証書を取り出し、読み上げる。「芸術は長く、人生は短い」という、有名なヒポクラテス（前四六〇頃—三七〇頃）の格言に始まる、この証書の重要な箇所を引用しておこう。

（……）始まりはすべて楽しく、入口は期待の場である。少年は驚嘆し、印象は少年を決定する。少年は遊びつつ学び、真剣なるものは少年を驚かす。模倣は生得のものであるが、なにを模倣すべきかを知るのは容易ではない。（……）芸術の一部は学びうるが、芸術家はすべてを必要とする。芸術を半ばしか知らぬ者はつねに迷い、多くを語る。芸術を完全に所有する者は行為するのみで、語ることは稀であるか、あるいはあとで語る。（……）言葉はよい。しかし言葉は最善のものではない。最善なものは言葉によっては明らかにならない。行為を生み出す精神が最高のものである。行為は精神によってのみ理解され、再現される。誰も、正しく行為している時は、おのれの為すことを知らない。しかし正しくないことは、われわれはつねに意識している。旗印をかかげることによってのみ行動する者は、衒学《げんがく》者か、偽善者か、あるいはいかさま師である。（……）真の芸術家の教えは核心を開示する。言葉の不足するところは、行為が語る。真の修業者は、既知のものから未知のものを展開することを学び、かくて、師に近づく」（前掲書、一三七頁以下）

要は、芸術に魅せられて、芸術についてやたらと持論を語っている内は、本当の意味で、芸術を理解していない、真に芸術を理解するということは、「言葉Worte」では表現しきれない「行為Tat」をすることができるようになるということである。こういう言い方をすると、日本の禅問答のように聞こえるが、これまでの物語の流れと直前の舞台での暗示から分かるように、ここで言われている「行為」は、何か形而上学的な意味が込められた特殊な行為ではなく、市民社会の中で、（芸術家を名乗る特殊な人たちだけではなく）多くの他者たちから有意義と認められるような「行為」である。非常に単純な話だが、芸術をめぐる観念的な言葉（遊び）に囚われている間は、そのことが分からない――「言葉」か「行為」かという問題は、『ファウスト』でも取り上げられる。

ただ、その素朴な真実を告げるのに、言葉の芸術である文学の作品を書く、しかも八巻構成の長編小説を書くというゲーテの行為は、いかにも自己矛盾しているように思える。そのうえ、ある一人の若者の人生を陰で演劇的に演出して、最後は芝居の形式で悟りへと導く秘密結社というのは、いかにも文学的虚構のようで、嘘っぽい――現代日本の読者のほとんどは、「塔」のことを新興宗教か自己啓発セミナーのような胡散臭いものだと感じるだろうが、その胡散臭さはゲーテ自身が最も感じているだろう。しかしその嘘っぽさを全面的に解消しようとしたら、文学作品や演劇の中で人生を描くということを放棄しないといけない。行為する前に、その行為の意味するところについておしゃべりするのがダメだというのであれば、リアルな人生について紙の上で語る、あらゆるエクリチュールがいんちきということになる。ゲーテであれ誰であれ、著述家であり続ける限り、このエクリチュールとリアリティをめぐる矛盾を回避することはできない。

むしろ、いかにもわざとらしい結社を登場させることで、こうした自己矛盾を暗示することがゲーテの〝意図〟だったのではないか、と私（＝仲正）には思える――作者の〝真の意図〟は、読者が想像によって再構成するしかない。修業証書で語られていることをそれ自身に適用すれば、こういうエクリチュールが存在すること自体が矛盾している。フリードリヒ・シュレーゲルは、『マイスター』に対する批評『ゲーテのマイスターについてUeber Goethe's Meister』（一七九八）――このタイトルは、『ゲーテのマイスターを超えて（über）』とも読める――で、この小説を、「自らを批評し、批評家のあらゆる労を取り除いてくれる」書物と評している。主人公や読者が到達した真理を、別の視点から反省的に捉え返し、パースペクティヴを何重にも屈折させていく仕掛けが、作品自体の中にあるということである。『マイスター』はその複雑な構成によって、（共同体の絆が緩んで、自己形成のモデルが見出しにくくなった）近代市民社会における個人の自己形成に、芸術がどう関われるかという問題を提起する作品である。

第四章　諦念の文学

ヴィルヘルム・マイスターは何のために「遍歴」するのか

『ヴィルヘルム・マイスターの修業時代』の三十三年後、ゲーテの晩年に刊行された『ヴィルヘルム・マイスターの遍歴時代』（一八二九完成版）はタイトルが示しているように、「徒弟修業」を終えたヴィルヘルムの人生の次の段階、「（職人としての）遍歴修業」を描いた作品である。登場人物も、ヴィルヘルム－フェーリクス親子、ナターリエ、ロターリオ、神父、ヤルノ（モンターン）、ヴェルナー等の主要なキャラクターは直接的・間接的に再登場する。塔の結社のメンバーになったヴィルヘルムが、結社からの指示で、フェーリクスを連れて遍歴修業の旅に出、その途上で様々な人に出会い、対話をし、人生の諸相を学んでいくという設定である。『修業時代』の最後で、いろんなことを知ろうとヴィルヘルムを質問攻めにしていた幼いフェーリクスは、この作品の前半ではまだ少年である。ただ、知り合いになった若い女性を強い関心を持って情熱的な目で見つめた、というエピソードからすると、思春期にはなっているようであり、十年前後が経過していると推測できる。

『修業時代』が、演劇を通しての自己形成と恋愛関係が絡まる形で物語がスリリングに展開していったのに対して、『遍歴時代』には物語の軸になるようなものが見当たらない。強いて言えば、ヴィルヘルム親子の旅によって物語が進んでいくわけだが、冒険や大事件は起こらないし、ヴィルヘルム親子が何か物凄い真理を会得するというわけでもない。しかも、この小説を構成する、二人の旅先での出会い、出会った人たちから聞かされる経験談や物語、登場人物の日記、ヴィルヘルムと知人との間の往復書簡などは、相互に強く繋がっていないように見える。しかも、ヴィルヘルム親子と直接接点のない人物を主人公とする、物語中物語の割合が全体の分量の四分の一以上を占めている。さらに言えば、この小説は三巻から構成されているが、第二巻の半ばを少し過ぎたところ、七章と八章の間でいきなり、数年間の間、小説が休止することが告げられる。八章は七章とは直接関係ない話題から始まっている。つまり、数年間のブランクが挿入されているわけである。非常に読みにくい。さらに、第二巻と第三巻には、二人の旅とどのように関係するのか分かりにくい箴言集が挿入されている。第三巻の最終章である十八章の大半が箴言集に当てられている。身も蓋もない言い方になるが、物語全体としての盛り上がりもオチもない。

そのため、ドイツ文学研究の専門家たちの間でも、ゲーテが、物語的まとまりが乏しいように思えるこの小説を書いたことについて様々な意見がある。塔の結社に象徴される、市民主導の社会改革運動に期待したゲーテの挫折を示しているという見方や、老いたゲーテに物語をまとめる能力がなくなった、というかなりネガティヴな見方をする論者もいれば、作家としての円熟味を

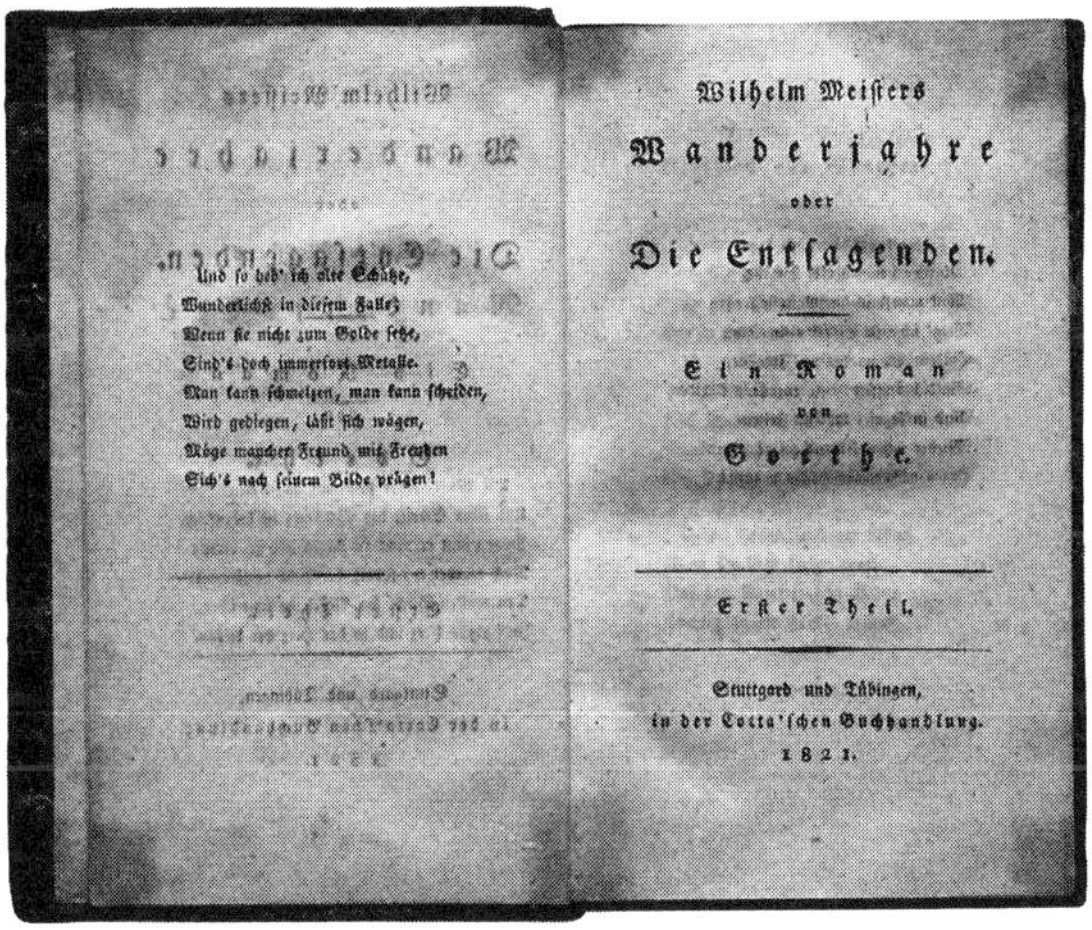

1821年に刊行された『ヴィルヘルム・マイスターの遍歴時代 第１部』の初版本（© Foto H.-P. Haack.）

示しているという好意的な見方をする人もいる。また、様々なエピソード、箴言、日記や書簡、作品内作品としての短編小説（Novelle）やロマンツェ（Romanze：民謡調の物語詩）などから成るこの小説をどういうジャンルに属すると考えるべきかをめぐる議論もある。主人公の成長が軸とは言えないので、「教養小説」でないことは確かである。たくさん小さな物語を入れ子状に含む「枠物語 Rahmenerzählung」であるとか、最終場面で重要な役割を果たす人物の書庫（Archiv）に収められた記録資料群から構成される「アーカイヴ小説 Archivroman」であるといった議論がなされてきた。

一つはっきりしているのは、この小説が中心がどこにあるか見えにくい、様々な小物語の集合体の様相を呈しているのは、ヴィルヘルム親子に課せられた、遍歴修業のルールに起因しているということである。三日以上同じ屋根の下に留まってはいけないというのがそのルールだ。しかも宿を移る時は、前の宿から一マイル以上距離を取らねばならない。そうやって遍歴中に、定住の誘惑が起こらないようにするのだ、という。そういう設定がある以上、一箇所でのエピソードが、他のエピソードと強く連関しにくいのは当然だ。それは、ゲーテ自身が〝意図〟したことだと見るべきだろう。

では、そうした緩い繋がりの物語群から成る長編小説を書くことに、どのような意義があるのか。先に述べたように専門家の間でもなかなか意見がまとまらない問題だが、私なりの答えを出してみたい。ヒントになるのは、副題の「もしくは諦念の人びと oder Die Entsagenden」である。目的語なしの「諦念する（諦める）entsagen」という言い方はいかにも漠然としているが、『修業時代』あるいはその前身とも言うべき『ウェルテル』のように、青年の理想と現実のギャップによって物語が進行していくようなタイプの小説との対比で考えると、はっきりした主題になっているようにも思える。青年期を過ぎて、安定した生活を送っている普通の人の人生には、ハラハラするような急展開も明確な物語の結末もないことは、かつての文学少年・少女のほとんどが実感していることではなかろうか。冷静に考えてみれば、そもそも青少年期の若者であっても、小説の題材になりそうな特殊な体験をしている人はごく少数の例外的な存在だろう。若い時には小説のヒーローやヒロインのようなつもりになっていて自意識過剰の日々を送っていても、それが思い込みだったと気付く人は少なくなかろう。大人になるというのは、ヒーロー的な人生の物語に対する「諦め」を学ぶことかもしれない。

『詩と真実』第四部（一八三三）十六章でゲーテは、「諦める」ということについて以下のように述べている。

肉体的および社会的生活、風俗、慣習、世間知、哲学、宗教、さらにはさまざまな偶然の出来事、そのすべてがわれわれに、諦めなければならない、と呼びかけている。われわれのうちにあるもっとも固有な幾多のものを、われわれは外に現してはならないし、われわれの本質を補うためにわれわれが外部から必要とするものは、われわれから奪い去られる。それに反して、われわれに無縁でもあり、わずらわしくもある数多くのものが、われわれに押しつけられる。われわれが労苦してかち得たもの、好意をもって許されたものも奪いとられる。そしてわれわれがそれについて明らかに意識するよりもまえに、われわれの人格を、初めはすこしずつ、やがては完全に、放棄するように強いられていることにわれわれは気づく。しかし同時に、それがために無作法な振舞に出る者は軽蔑の目をもって眺められるというのがこの世の習わしである。むしろわれわれは、顔をしかめたりすることによって冷静な傍観者の感情を害することのないように、杯が苦ければ苦いほど、よけい甘そうな顔つきをしていなければならないのである。

この困難な課題を解決するために、自然は人間に豊かな力、活動力、強靱《きょうじん》さを授けてくれた。なかでもとくに人間に役だつのは、誰にもあたえられていて、けっして失われることのない人間の浅はかさである。これによって人間は、つぎの瞬間になにか新しいことにとりかかることができさえすれば、いずれの瞬間にも個々のものを諦めることができるのである。このようにしてわれわれは、無意識のうちにわれわれの生活全体を、つねに新たに立て直す。ひとつの情熱を失えばまた別の情熱を抱く。仕事、嗜好、趣味、道楽、あらゆるものをわれわれは試みてみる。そしてあげくは、「いっさいが空である」という嘆声をもらすのである。（山崎章甫訳『詩と真実　第四部』岩波書店、一九九七年、一六頁以下）

回りくどい言い方をしているが、要は、様々な事情があるので、自分の内の最も個性的な部分（だと自分が思っているもの）をそのまま発展させ、望むような人生を送ることはできないのが普通であり、それを悟らねばならないということだ。いったん自分らしい生き方が見つかったように思えても、様々な偶然の組み合わせで歯車が狂い、その生き方を続けるのが困難になることもある。そのことに不満を持っているような態度を見せれば、周囲からの評価を下げることになるので、何でもないような顔をしていないといけない。そうした困難に対処するために自然が人間に与えてくれた能力が「浅はかさLeichtsinn」だというわけだ。一つのことに打ち込んでいても、何かの拍子に別のことに関心が移れば、前のことは忘れて、それに打ち込めることがしばしばある。

「一切が空である」というのは、旧約聖書の「伝道の書」の冒頭のソロモン王の言葉であり、通常は人間の地上での生全般の空しさ、どれだけ財や名誉を獲得しても、死と共に失われることを意味するものと理解されている。ゲーテはその認識を基本的には共有する一方で、人間である私たちに備わっている「浅はかさ」を利用することで、その空しさに対峙し続けた揚げ句、疲れ切って絶望することなく、自分自身を騙し騙しして、生を全うする、常識人としての戦略を提唱しているように見える。市民生活の空しさを十分に知りながら、自暴自棄にならないように自己を制御して、様々なことに挑戦し続けた、ゲーテらしい生き方である。

では、諦念した作家であるゲーテがどうして、大きな反響のあった『修業時代』の続編を書いたのか、という疑問が出てくる。ありがちな陳腐な答えをすれば、生涯作家であり続けたいという執念が書かしめた、ということになるだろうが、ポジティヴな捉え方をすれば、諦念をめぐる様々なエピソードを書き留めることで、これから諦念して、味気ない生き方に備えなければならない人たちの役に立てようとした、と見ることもできよう。最終章の後半を占めている箴言集は、登場人物の一人であるマカーリエという貴族の夫人の文庫から選び出された、という想定になっているが、彼女は、人生の神秘を秘めているように見えるエピソードを秘書に記録させ、文庫に収めている。そうしたことから、『遍歴時代』は物語的一貫性の弱い作品であるが、そうした「諦念」の戦略がはっきり表れている箇所をピンポイントで読んでいこう。

絶望と悟りの中間状態：ヤルノとの再会

〝物語〟の序盤に近い第一巻第三章でヴィルヘルム親子はヤルノと再会する。彼は、山で珍しい形の岩石の採掘に従事しており、その土地の人から「モンターン」と呼ばれていた。〈Montan〉というのはフランス語の〈montagne〉やイタリア語の〈montagna〉の連想から、「山の人」というニュアンスを含んだ呼び名である。

ヴィルヘルムたちは、土地の人からたまたま、彼が地質学者的な仕事をしているという話を聞く。ヴィルヘルムは当初、大事な友人であるモンターンに〝偶然〟――「塔の結社」の性格上、本当の偶然なのか定かではないが――という形で再会することに乗り気ではなかったが、鉱物のことに関心を持つようになったフェーリクスに促されて、会いに行くことにする。仕事場になっている断崖の上に立ってちょっとしためまいを感じたヴィルヘルムに対して、モンターン＝ヤルノは、高山で仕事をすることについての寓意的な意味らしきものを語る。

「われわれが思いがけなく宏大な眺めを前にして、自分の小ささと大きさとを同時に感じるようなときは、目まいがするのが当然さ。でも、まずめまいを思わず感じるようなところでなくては、そもそも本当の楽しみはないいんだよ」（登張正實訳『ゲーテ全集8　ヴィルヘルム・マイスターの遍歴時代』潮出版、二〇〇三年、二六頁以下）

この発言からすると、ヤルノは単純に鉱石に関心を持って研究したくなったというだけでなく、社会的な関係性の中で規定されている自分の決まった役割、キャラクターから一定の距離を取って、自然の中で、自分の身体的・精神的な在り方を見直したいという、成熟した大人に相応しい（ように見える）動機で行動していることになる。ゲーテ自身も植物学や解剖学、光学と並んで鉱物学の研究にも取り組んでいることからして、ヤルノは、作者ゲーテのもう一人の分身である。その彼が序盤の遍歴の意義について語られる場面に登場して、新たな人生観を語り出すということは、市民社会の複雑な人間関係の中での主人公の葛藤を描いた『修業時代』とは違って、『遍歴時代』は、市民社会のややこしさを、落ち着いた年齢になった主人公が、少し距離を置いた所から見つめ直すという所に特徴がありそうだ。

山についてのフェーリクスの様々な質問に優しく答えているヤルノを見て、ヴィルヘルムは彼と子供の育ち方について議論を始めようとする。子供たちは対象を表面的にしか見ようとしないというヤルノに対して、ヴィルヘルムは、大抵の人間は一生そういう見方しかできないものであり、表面的にすばらしく思えるものが実はくだらないと分かる時期を迎えられる人はごくわずかである、という持論を述べる。ヤルノも、そういう時期が到来して、「絶望と悟りの中間の状態 ein Mittelzustand zwischen Verzweiflung und Vergötterung」に身を置けるようになることはすばらしい、という点には同意する。神学的な響きのする意味深な言い方だが、前後の文脈からすると、限界に突き当たり、自分のやっていることの空しさを感じることを契機として、自分は何を目指しているのか、自分はこれから何にコミットすべきかを改めて考え、達観しつつある状態だと考えられる。

岩石に興味を持つようになったフェーリクスにいろいろと教えてやりたいので、岩石のことを手ほどきしてくれというヴィルヘルムに対して、ヤルノはそれはダメだ、新しい分野に取り組むにはまず子供に返って、対象に情熱を抱かねばならない、と言う。つまりヤルノは、子供の浅はかさについては冷ややかな見方をする一方で、対象に食いついていく子供の情熱は大切だと考えているわけである。つまり、浅はかではないやり方で、対象に深くコミットしなければならない、ということだ。

そういう洞察にいかにして到達したのかと尋ねるヴィルヘルムに対してヤルノは答える。

「ぼくたちは諦念せざるをえなかった。永久にではなくとも、相当長いあいだね。実行力のある人間なら、そういう事情にあるときまず第一に思いつくことは、新しい生活をはじめるということなんだ。対象が新しいというだけでは足りない。それだけでは気ばらしに役立つだけだからね。そういう人間はある新しい全体を求めて、ただちにそのまんま中にとびこむんだよ」(前掲書、二八頁)

ヤルノが背景的な説明なしに、いきなり「ぼくたち……」と言い出しているので、読者には具体的にどういうことを指しているのか分からないが、恐らく、結社でヴィルヘルムとヤルノたちが協同でやっていたプロジェクトがうまくいかず、「諦め」ざるを得ない状況が生じたのではないかと推測できる。ヤルノはその状況の中で、『詩と真実』の中でゲーテ自身が言っているように、自分自身のそれまでのアイデンティティ、達成してきたものにもはや未練を持つことなく放棄することで、新たに自分を全面的に投入できるものを見出したようである。「諦め」たからこそ、「新しい全体 ein neues Ganze」に飛び込む気力が湧いてきたわけである。

ただそういう風に説明されても、人間社会から離れて鉱物の研究に没頭し、そこで得られた知識を何か社会的目的のために利用することを意図しているように見えないヤルノの諦め切ったような姿勢を、ヴィルヘルムはいまいち理解できない。ヴィルヘルムにとって、社会を離れたところでは、「人格形成」はありえない。「人格形成」は、総合的な活動を通してのみ達成されるはずである。芸術にしろ科学にしろ社会事業にしろ子供の教育にしろ、あらゆる人間の活動は「人格形成」という点で繋がっている。それまでの自分の活動のことは諦めて、鉱物だけ、という思い切り方に、ヴィルヘルムは付いていけない。複数のことを同時に視野に入れながら活動することは不可能だと思っているのか、というヴィルヘルムの問いに対してヤルノは、そうだ、一つのことに取り組んでいる時は、他のことは忘れるよう徹する必要がある、と答える。そこで二人は、人間形成の「一面性 Einseitigkeit」と「多面性 Vielseitigkeit」という問題について論じることになる。

「しかし、これまでは多面的形成が有利であり必要であると考えられてきたね」――「多面的形成の時代ならそういうこともあるかもしれない」――とモンターンはこたえた。「多面性というのは本来、一面的な人間が働きうる基礎を準備するにすぎない。いまこそ一面的な人間の活動する場が十分にあたえられているんだ。そうだぜ、いまは一面性の時代なんだよ。それが分って、自分のためにも他人のためにもこの意味で働く人は幸いなれだ。ある種の事柄においては、これはたちどころにまったく自明のことだよ。腕をみがいて卓越したバイオリニストになったとするね、楽長がオーケストラの中にきみの席を好意をもって示してくれること請けあいだよ。きみをひとつの器官としたまえ。そうすれば人類が一般生活の中できみにどういう地

位を好意的にみとめてくれるか、期待していいさ。（……）」（前掲書、三一頁以下）

ここで彼らが話題にしている「多面的形成の時代」と「一面的形成の時代」の区別は漠然としているが、恐らく、（古典的テクストに描かれた）古代ギリシア人のように調和の取れた人間、あるいはレオナルド・ダ・ヴィンチ（一四五二－一五一九）やゲーテ自身のような万能人の育成が人格形成の理想とされ、それを目指してルネサンス的・人文主義的な教養教育[7]が盛んに行われていた時代が終わりを告げ、それぞれの専門に特化して技能を磨くことが良しとされる時代に移行しつつあることを指しているのだろう。二つの時代の境目がヤルノの言うようにはっきり分かれているかどうかは疑問だが、市民社会の経済が生産・交換の両面で発展し、分業化が進めば、一人で全てをこなすことが不可能になり、専門化していくのはごく自然な流れである。教育もより専門的に分化していく。実際、一八世紀までの西欧では、政治家であるベンジャミン・フランクリン（一七〇五－九〇）が避雷針などを発明した物理学者でもあり、社会思想家であるルソーが音楽家や植物学者であり、哲学者であるイマヌエル・カント（一七二四－一八〇四）が天文学者でもあり、作家であるゲーテが政治家や鉱物学者・植物学者・光学者であるといったように、複数の専門を持つ知識人が活躍していたが、一九世紀になると、そういう多面性を持った知識人はあまり登場しなくなる。ゲーテは、最後の多面的知識人と言えるかもしれない。さらに言えば、社会の分業化が進み、複雑化するということは、優れた思想家や芸術家の掲げる理念や実践によって社会全体を変革できる余地が小さくなる、ということを含意している。それは、塔の結社のような社会改革団体の活躍の余地が小さくなる、ということでもある。

そう考えると、ヴィルヘルムは、ゲーテの中の多面的な人格形成の理想にまだ拘っている部分を象徴し、ヤルノは多面的形成が時代的な限界にぶち当たり、社会の中での自己の役割を限定せざるを得ない現実を受け入れている部分を象徴しているのではないか、と想像できる。もう少し単純化して言えば、万能人の理想への道を前進し続けたい、まだ若いゲーテと、自分の力の限界を弁えるようになった老いたゲーテの対立である――この問題は、五章と六章で扱う『ファウスト』の重要なモチーフとなる。

ヴィルヘルムとヤルノの人格形成観の違いは、彼らの子供に対する態度の違いにも反映されている。ヴィルヘルムが、息子フェーリクスが様々なことに関心を持っているのを好ましく見守っているのに対し、ヤルノは、先に見たように、子供の対象への熱中が一回性の浅いもので終わってしまうのを残念に思っている。ここから、この小説でフェーリクスがヴィルヘルムの遍歴に同行することの意味が見えてくる。ヴィルヘルムは、フェーリクスの人格形成をそばで見守り、助けることを通して、自分自身のこれまでの人格形成を振り返り、その再評価に基づいて、今後の歩みを決めることのできる立場にいる。遍歴時代のヴィルヘルムは、「教育」を通して自己を再形成することを求められているのである。

7　人文主義的な教養教育について詳しくは、拙著『教養主義復権論』を参照。

教育州の理想

「教育」というテーマが前面に出るのは第二巻である。この巻の冒頭でヴィルヘルム親子は、ある「州 Provinz」に入る境界線を越える。八章でこの「州」は「教育州 die pädagogische Provinz」と呼ばれている。無論、架空の州であり、どの程度の広さなのか具体的には分からないが、広大な畑や牧草地、市場などがあり、学園の指導の下で青少年が農作業や商取引に従事しており、単なる学校を超えた共同体であることが窺える。ヴィルヘルムは、この学園にフェーリクスの教育を委ねることになる。

学園の教育は、音楽教育から始まる。「教養 Bildung」の第一段階は「歌」であり、人間の全ての楽しみ、活力、信仰、道徳が「歌」と繋がっているという考え方が前提になっている。歌の練習をしたうえで、自分たちが発する音声を記号によって石盤に書き留めさせ、それに基づいてその音を喉で再現することを学ばせる、という。手と耳と目を同時に使うので、字を正しく美しく書く訓練になるし、正確に音を再現する必要があるので測定術や計算術の訓練にもなる。

言語の発達の基礎に「歌」があるという見方は、ルソーが『言語起源論』(一七八一)で提示している。このテクストでルソーは、原初の言語において、アクセントやリズムなど音楽的な要素が大きなウェートを占めていたことを示唆している。遡れば、古代ギリシアの哲学者プラトン(前四二七－三四七)が、音楽が魂の訓練に不可欠であると主張している。古代ローマから中世初期に、市民が学ぶべき基礎教養として確立された「自由七科 septem artes liberales」――現在、大学の教養科目と呼ばれているものの前身――の中に「音楽」も入っている。[8] そうした歴史的背景を考え合わせれば、「歌」を重視する、学園の基本方針はさほど突飛な考え方ではなさそうだが、ユニークなのは、「歌」の後での、楽器教育のやり方である。楽器教育はどうするのかというヴィルヘルムの質問に対して、案内役の学園の監督は答える。

（……）ある特別な地域、こよなく美しい山あいの平地におしこんで訓練するのですが、その場合でも、種類のちがう楽器ごとに離れた部落で教えるんですよ。特に調子はずれの初心者たちは人のいない僻地へ送りこまれます。そこでならだれもそういう音色を聞いてやけくそになったりしませんからね。あなただっておっしゃるでしょうが、市民社会の整った仕組みの中にいると、習い出したばかりのフルート吹きやヴァイオリン弾きと隣りあわせになって、そこからピーピー、キーキーと攻めたてられるみじめなつらさといったら、とてもたまったもんじゃありませんからね。

われわれの初心者は、だれにも迷惑をかけまいという感心な心がけから、進んで、長かろうと短かろうと、荒野へ出かけて、人の住む世界へ近づいてもよいという力量を得ようと、他から離れて熱心にはげみます。ですから、近づこうとする試みはときどきだれにでも許されますが、それが失敗することはめったにありませんね。それは、われわれがこの制度においても、ほかの制度の場合と同様に、人を恐れはばかる羞恥心をじつによく養い育ててやれるからなん

8　詳しくは、拙著『教養主義復権論』参照。

です。（前掲書、一三〇頁）

音楽家の卵が周囲の人に迷惑をかけるというのは現代の都市生活でもよくある話だが、この学園は、そういう迷惑な人間にならないよう、予め「羞恥心 Scham und Scheu」が育まれる教育のプランを立てているわけである。人里離れた所にやって一人で楽器の訓練をさせると聞くと、私たちは、他人の目を気にせず、思いっきり打ち込めるようにするためだと連想するが、学園の発想は逆である。他人様に聞いてもらえるに耐える腕前になるまでは、人前で演奏することはできないという規律を課すわけであるから、むしろ社会における他者との共存を強く意識させるやり方である。さらに言えば、「市民社会の整った仕組みの中にいると in der wohleingerichteten bürgerlichen Gesellschaft」、という少し大げさな言い方が暗示しているように、「市民社会」が一つの楽団に見立てられているように思われる。学園の生徒たちが、楽団全体の演奏と調和するように自分の楽器を演奏することが求められるように、市民社会に生きる各市民はその中で自分に与えられた役割を、他の役割の市民と協調するように演じなければならない。周囲を顧みず、自分の個性や自発性を発揮することだけに専心することは許されない。

このように、「市民社会」に適合した自己を形成することに重きを置く考え方は、社会からの影響力を遮断した状態で各人に備わっている潜在能力を自然と伸ばし、自己をしっかり確立したうえで、市民社会に戻すべきだとする、ルソーが『エミール』（一七六二）で示した個人主義的な教育観と、ある意味対照的である。[9]学園（＝ゲーテ）は、歌という形で各人に自然に備わっている能力を引き出すことに主眼を置いているように見えながら、実際には、その能力が伸びていく方向を事前に規制しようとしているわけである。周囲の期待とは関係なく、劇団に深く関わり、自分の理想としていたものがそこにはなかったと分かって、そこから離れていった、かつてのヴィルヘルムの生き方を否定する教育論だとも言える――後になってヴィルヘルムは、学園では、喜びや苦痛の感情を偽って演じ、怠惰な群衆を楽しませる演劇は、好ましくない営みであるので、芸術と認められていないとはっきり言われて落胆する。

学園の教育は外面的な訓練を通して内面形成に繋げようとしているように見えるが、中核的な理念は何ですか、とストレートに質問するヴィルヘルムに対して、監督は、「畏敬 Ehrfurcht」と答える。子供たちは、三種類の身振りを通して、三重の「畏敬」を身に付ける。先ず、腕を胸のうえで組み、喜ばしいまなざしを天に向ける身振りによって、天にいます神、その現れである両親、先生、上位者に対する畏敬を学ばせる。第二に、背中の後ろに手を回して括り付けるように重ね合わせ、大地を微笑んで見つめる身振りによって、下なるものへの畏敬を学ばせる。大地が私たちに命の糧を与えてくれること、その一方、大地によって育まれる私たちの肉体の生命が脆いもので、他人の悪意や偶然によって害を加えられる可能性があることに思い至ることで、弱い者に対して畏敬の念を抱くようになる、という。第三の身振りというのは、具体的な身振りというより、最初の二つの身振りによってある程度感化を受けた生徒を、そうした不自然な姿勢か

9　ルソーの教育論については、拙著『今こそルソーを読み直す』（ＮＨＫ出版）を参照。

ら解放してやることである。生徒は自由な姿勢で、仲間たちに男らしく向かい合い、彼らを範とすることを学ばされる。

そうすると彼はすっくと勇ましく立つことになる、かといって、自我を強くして孤立しているわけではありません。自分と等しいものたちと手を結ぶことによってのみ、彼は世間に立ち向かえるのです。（前掲書、一三二頁）

こうした説明を見る限り、学園は、子供たちが自分の立ち位置や自分の分際をわきまえながら、社会的に自己形成するよう導いてやるべく様々な段階的プログラムを用意しているようである。ヴィルヘルムはこの説明に大筋で納得し、このような訓練を徹底すれば、不遜やうぬぼれに堕することのない、「真の、まじり気のない、なくてはならぬ自負心 das wahre, echte, unentbehrliche Selbstgefühl」が培われるのではないか、と感想を述べる。ただ、そうしたやり方というのは、未開人たちが自然の猛威とか、自分には理解できない出来事に対して本能的に恐怖（Furcht）の念を抱き、それが徐々に高級な感情へと洗練されていく、ということと同じではないのか、という素朴な疑問も表明する。

それに対して、監督は「恐怖」と「畏敬」は全く別物だと答える。恐怖に駆られる人は、恐怖の原因がある間は、それから自由になろうと必死に努力するが、その外的な原因が取り除かれると安心してしまい、自己のあり方を変えようとしない。それに対して、「畏敬」はその人の内から発する意識であり、自発的に自己を変えていこうとする。恐れることは容易だが、つらい。畏敬の念を抱くことは困難だが、それができれば、人生が充実する。自然のままの人間は、自発的に畏敬の念を抱くことはない。それが〝自然〟とできるのは、古来、聖人や神々と見なされてきた特別な人たちだけだった。学園は、そういう高邁な意識である「畏敬」を、ある程度人為的に人間の「自然＝本性 Natur」に付け加えようとしているのだ、という。

このやりとりを見ると、ヴィルヘルム（に代表される、ゲーテのまだ若々しい部分）がある程度、疑問を持ちながらも、各人をある程度人為的に社会に適合させる仕組みが、これからの市民社会には必要である、と認めつつあるように思える。社会にとって貢献できる人間になるには、自分の自然本性のままに生き、何でもやりたいことをやるのではなく、何か自分の得意な分野を見つけ、それに特化して自己形成し、他者たちと協働できるようにならなければならない。市民社会の中で、人は万能感を抱いたまま、生きていくことはできない。その意味では、一つの領域での自己形成に集中すべきだとするヤルノの見解にも一理ある。こうしたヴィルヘルムの態度の変化は、彼がこの間医学を修め、外科医として仕事をするようになったことと関係しているかもしれない――彼の外科医としての仕事が物語の中で意味するところについては、少し後で改めて論じることにする。

教育は、子供の潜在的ポテンシャルを可能な限り引き出すことを目指すべきか、それとも、社会に適合させるべきか、というのは、教育をめぐる永遠のテーマである。教育州をめぐる記述を見る限り、晩年のゲーテは後者にかなり傾斜しているように見える。多方面で成功を収め、万能の知識人としての名声を博している老人が、若者に対して、社会の中で分を弁えて生きることの大切さを説くのは身勝手な話のようにも思えるが、ゲーテが言うからこそ、説得力があるようにも思える。

アメリカという希望（?）

この小説全体を通して、新大陸アメリカが重要なモチーフになっている。ヴィルヘルム親子をアメリカに結び付ける媒介になっているのは、先ほど少し触れた、フェーリクスが恋心を抱く女性（ヘルジーリエ）の一家と、ロターリオ、ナターリエの弟で、『修業時代』にも登場し、フィリーネと結婚するフリードリヒである。先ずヘルジーリエの一家の話から始めよう。第一巻第五章で、親子はヘルジーリエたちの住む城館に到着する。ヘルジーリエと姉のユリエッテは、館の主の姪である。

その城館の園には様々な植物が植えられているが、それらはみな実用的なものであった。伯父はその領地の住民が餓えることがないよう、土地を最大限に有効に活用することに力を尽くし、成果を収めていた。彼は最初、功利主義の哲学者ジェレミ・ベンサム（一七四八－一八三二）の「最大多数の最大幸福」――本文中では「最大多数に最良のものを Den Meisten das Beste!」という表現が使われている――の原理を信奉したが、やがて、「最大多数」なる抽象的なものを見出すのが不可能であることを悟り、それを自分なりに、「多くの人に希望するものを Vielen das Erwünschte」という定式へと変形した。自らの周囲に具体的に存在する人たちに、彼らが願って然るべきものを与える、ということである。彼は普遍的人間性の原理に基づく社会改革を理想としていたが、それは人びとの具体的な生き方に根ざした実践的普遍性である。

この伯父の祖父は、ある公使館の一員として英国に暮らしたことがあり、同地で、異端として迫害されていたクエーカー教徒を組織して、新大陸のペンシルヴァニアへの移住を計画していたウィリアム・ペン（一六四四－一七一八）の思想や人格に感銘を受け、自らもアメリカに移住した。その息子である伯父の父はフィラデルフィアで生まれた。様々な国から移民がやってくるアメリカでは、産業活動や宗教・道徳に関して最大限の自由が保障されていた。伯父の一家もその恩恵を享受することができた。

十八世紀初頭におけるさかんなアメリカ渡航熱というものはたいへんなもので、こちらにいて多少でも不都合を感じたものは、だれしもむこうの自由な天地へ移りたいと望んだものだ。この欲求は、まだ住民が遠く西部のほうへひろがる以前には、望みどおりの土地が手にはいるということからはぐくまれたのである。人の住んでいる土地と境界を接して、伯爵領とか言われるものが、まだいっぱい売りに出されていて、ここの主人の父親もそこへ注目するに足る入植をしたのである。（前掲書、七〇頁）

アメリカの入植者の一家に生まれ育った伯父は、通常のヨーロッパの上流階級の人よりも、既成の価値観から自由な人間なのではないかと想像できる。しかし、彼は、自由な生活に憧れてアメリカに押し寄せて来るヨーロッパ人たちとは逆の方向に、自分の居場所を見出すことになる。
この家の主人は若いときヨーロッパにおもむいて、すっかり勝手がちがう思いをしたのである。その測り知れぬ貴重な文化、数千年前から芽ぶき、育ち、ひろがり、曇らされ、抑えられ、しかも完全に押しつぶされることはなく、ふたたび息を吹きかえし、あらたな活気をとりもどし、相も変らず限りない活動となってあらわれくるこの文化は、人類がどこまで達しうるかについてまったく別の考え方を呼びおこした。彼はこの見わたしがたい大きな利益から自分の分け前をうけとるほうがよい、海のむこうのアメリカで数世紀おくれてオルフェウスやリュクルゴスの役を演じるよりも、むしろ規則正しく活動する大きな集団の中に共に働きながら己れを没することのほうがよいと思った。彼は語った。「人間はどこへいっても辛抱が必要だ。どんなところでも思いやりがなくてはいけない。アメリカ・インディアンとなぐりあいをして彼らを追っぱらうとか、彼らを契約でだまして蚊の群れに死ぬほど悩まされる湿地帯から彼らを追い出すとかするよりも、むしろ王様と話をつけてあれこれ権益をみとめてもらい、隣人たちと和議を結んで、彼らからある種の制限を免除してもらい、私のほうも一面譲歩するようにしたいものだ」（前掲書、七〇頁）
オルフェウスは、ギリシアの神話に出て来る竪琴の名人で、亡くなった妻を連れ戻すために地獄へ下ったエピソードで知られているが、ここでは恐らく人間の霊魂の輪廻転生を信じるオルフェウス教の教祖として言及されているのだろう。リュクルゴスは、古代のスパルタで国制の基本を定めた伝説の立法者である。この二人は、新しい考え方・生き方、あるいは法秩序の創始者として言及されているのであろう。アメリカは、創始者になれるという願望を刺激する土地だったのである。

かつてのヴィルヘルムのように、自分の能力に無限の信頼を抱く青年は、既成の価値の体系を拒否し、新しい価値の創造者になることを夢見るが、それは多くの場合、身の程知らずで独善的な願望である。身の程知らずの願望を抱いた若者が、誰からも相手にされることなく、勝手に挫折するというのなら、ただの滑稽な話ですむかもしれない。しかし、ある程度の成功を収め、多くの人に影響を与えられる立場に立った場合、他人の生活をかき乱し、危害を加える可能性がある——現代日本で言えば、若手の実業家が、企業買収とか事業の拡張、新商品の開発などの派手な〝活躍〟をしたことの煽りで、いろんな人が迷惑を被る事態を念頭におけばいいだろう。アメリカの開拓の場合のように、自分が創造的に活躍できる自由の領域を確保しようとする営みが、先住民の文化やライフスタイルを破壊し、絶滅に追い込んでしまうことさえあり得る。西欧近代は、ヨーロッパの内部で古い共同体的な関係性や（近代的な国民国家になれなかった）国家を解体しただけでなく、非西欧地域に植民地を拡大することによって繁栄を続けた。自分の自由を求めてアメリカに渡ることは、そうした西欧人の身勝手な拡張プロジェクトに参加することを含意する——自らの自由と発展のために、未開な他者を犠牲にしてしまう、文明人の野蛮さをめぐる問題については、本書第六章で、『タウリスのイフィゲーニエ』を話題にする際に、もう一度取り上げることにする。

自由だけを求めることの虚しさや野蛮さを経験した伯父は、古くからの慣習や秩序が形を変えながら生き伸びているヨーロッパで、他者と協調しながら、制約された生き方をすることを選んだわけである。これも、一つの「諦念」の在り方だろう。それに対して、彼の甥でヘルジーリエたちの従兄に当たり、それまで各地を遍歴していたレナルドは、人々が緊密に協力し合いながら自己形成することを目指すグループのリーダーになり、集団でアメリカに移住するプロジェクトを進めていた——最後に出てくる文庫の主であるマカーリエは、ヘルジーリエやレナルドの伯母に当たる。「塔」のメンバーで、ヴィルヘルムの義弟であるフリードリヒもそれに賛同して、プロジェクトの第二リーダーになる。第三巻で物語が進んで行くにつれて、レナルドのグループは「塔」と密接な関係を持っている、もしくは、その一部であるらしいことが明らかになる。レナルドが祖先から相続した土地を、「塔」が所有し、そこに理想の社会を建設することで話がまとまった。

第三巻第九章でレナルドは、大勢の仲間の前でアメリカに移住する意義について長々と演説する。第九章のほとんどを占める長さである。彼はまず、人間にとって「土地所有 Grundbesitz」が重要であるとの認識を示す。一つの土地に定着し、耕作し、植樹し、環境を整えていく中で、親の愛、子供の愛、郷土の仲間との愛が育まれるからである。しかし、土地所有は人間の活動全体の中で絶対的な価値を有するわけではない。レナルドは、行動に富む生を送ることがより重要であり、その過程で得られる流動性のあるものの方が価値が大きいと主張する。

こういう点をふり返ってみることが、われわれ若者には特に必要です。なぜなら、われわれは、一定の場所にとどまって、そこを離れまいとする気持を祖先から受けついで来たとしても、もっと広い眺望と展望にけっして目を閉じてはならないという気持のほうが千倍も強いと思うからです。それゆえ、われわれは大海の岸辺に急ぎおもむいて、いかに活動の測り知れない世界が開かれているかをひと目見て確かめようではありませんか。そして、こう思っただけでも、まったく新たな気持にそそられることを告白しようではありませんか。（前掲書、三三〇頁）

演説全体を通して、レナルドは「遍歴」し続けることが人間にとって重要であることを、職人や芸術家の遍歴修業、商人や外交官、君侯たちの国境を越えた活動、学者の研究旅行など、様々な側面から強調することで、アメリカに移住する計画を正当化しようとする。土地所有のイデオロギーを否定し、人間が遍歴する存在であることを想起させる彼の思想はポジティヴに聞こえるが、彼らがどのような思想的背景を持っているにせよ、アメリカに移住して生活しようとすれば一定の期間土地を占有し、アメリカの先住民の生活を脅かすことになる。実際、彼らのグループは、レナルドが相続した土地を基盤として活動を開始することになる。レナルドは伯父と違って、自分の分を守って他者と協調することよりも、自己実現のために活動の範囲を広げることを選んだわけである。

このレナルドの演説の後、一座に加わっていたオドアルトという人物は、新大陸ではなく、ヨーロッパの内で理想の共同体を建設すべく入植することを提案する。ある君侯（Fürst）の宮廷に仕えている彼は、元々ある地方を治める全権を与えられていたが、近年、隣国で彼と同じ理想を抱く二人の若手の官僚が任命され、彼と協調するようになったので、三人合わせてかなり広大な土地を経営する形になった、という。そこでは、大工、石工、ガラス細工師など、社会に必要とされる様々な手工業が「厳正芸術 strenge Künste」と呼ばれ、芸術として美を追求しながら、同時に、徒弟→職人→親方という順を追って腕を磨いていき、厳格な仕事ができるようになることが求められる。建物を建てる時のように異なった技能を持った者たちの緊密な連携が必要な場面で、職人＝芸術家が、「自由芸術 freie Künste」のように、勝手に個性を発揮しようとすれば、全体が崩壊してしまうからである。演説の内容からすると、彼の共同体は、教育州やレナルドの伯父のように、社会の中で自己の分を弁えて他者と協調しながら生きることを重視しているようである。

二人の演説が終わったあと、集まった人たちは二つのグループに分かれて移動を開始する。アメリカで長く生活した経験のあるロターリオ（『修業時代』七巻三章）は自分の妻や（ヴィルヘルムの妻である）妹のナターリエ、神父と共に、アメリカ行きの船に乗り込む。また、『修業時代』（第八巻七章）でヴィルヘルムと別れる前にアメリカで活動したいという希望を述べていたモンターン＝ヤルノも、ヨーロッパには気持ちを落ち着ける所がないと感じていたこともあって、妻のリューディエやフィリーネを伴って、アメリカに旅立つ。

それに対しヴィルヘルムは、当面はどちらのグループにも同行しなかった。それは、フェーリクスに問題が生じて放っておくことができなかったからである——これについては、すぐ後で見ていく。結果的に、主人公であるはずのヴィルヘルムが、新旧大陸で理想の共同体を作ろうとする、「塔」を中心とする運動から取り残された形になる。小説の結末まであと数章しか残っていない。『修業時代』の主人公であったヴィルヘルムのその後の人生の物語として『遍歴時代』を読んでいた読者は、肩透かしを食わされたような印象を受けるだろう。主人公が、物語のクライマックスから取り残されているのである。

しかし、本章で何度か繰り返し述べたように、『遍歴時代』が、ある程度年齢を重ねた主人公の眼を通して、人生の限界を知り、「諦念」することについて多角的に考える小説だとすれば、かつては英雄的な生き方に憧れ、冒険をした主人公自身が、社会の大きな変動から外れて、自分に与えられた場に留まる、というのも十分にあり得ることだと思える。人生では、世の中の大きな動きとあまり関係なく、地味な役割を演じなければならないことの方が多い。歴史的大事件の中で主役級の目立った役を演じられる人間などごく少数である。一度そういう役を演じたとしても、ずっと目立ち続けられるわけではない。年を取れば次第に脇役になっていく。また、一緒に活動をしていた仲間と別れて、一人でやり直さないといけないこともあるかもしれない。大人になったヴィルヘルムの一見さえない、傍観者的な歩みは、つまらなくなっていく人生、社会学者宮台真司（一九五九－　）の言葉を借りれば、終わりなき日常を耐えることの必要性を暗示しているように読める。

フェーリクスの恋

『遍歴時代』に恋愛をめぐるエピソードがないわけではない。伝聞や日記の形で随所に挿入されている物語中の物語のほとんどは、男女の関係を主題としている。一番メインなのは、フェーリクスのヘルジーリエに対する恋と、それに対するヴィルヘルムの関わりである——ここでも、ヴィルヘルムは主役ではない。第二巻の半ばを少し過ぎたところでの「数年間の休止」の後、ヘルジーリエからヴィルヘルムに手紙が届く。

ヘルジーリエは冒頭で、自分は周りから変わった娘だと思われていると述べたうえで、今日、小型の紙入れを仕上げたので、それを父親の方にあげようか、息子にあげようか迷っていた、と告げる。当然、ヴィルヘルムとフェーリクスのことであり、彼女が二人に同時に好意を抱いていることが窺える。そこに、若い小間物の行商人がやってきて、あなたがヘルジーリエさんですか、と聞いたうえで、まだ教育州にいるらしいフェーリクスから託されたらしい石盤を渡された。そこには、石筆で以下のように書き込まれていた。

フェーリクスは／ヘルジーリエを／愛している。／馬の先生は／まもなくいきます。（前掲書、二二六頁）

「馬の先生 Stallmeister」というのは、ヴィルヘルム親子がヘルジーリエの伯父の城館に泊まった際、ヴィルヘルムやヘルジーリエと一緒に近くの猟小屋に出かけた際、まだ幼かったフェーリクスも馬に乗った時の想い出から来ている。帰り道で、フェーリクスの隣で馬を駆っていたヘルジーリエが、あそこに珍しい花があると話しかけたところ、彼はその花に向かって疾走し、落馬して怪我をしている。これに対してヘルジーリエはどう答えたらいいか迷った揚げ句、小間物屋の少年が差し出した別の石盤に以下のように記す。

ヘルジーリエより／フェーリクスへの／あいさつよ。／馬の先生は／お行儀よくなさい。

（前掲書、二二六頁）

この返事を渡した後でヘルジーリエは不味い表現をしたような気になっていろいろ迷う。最後にヴィルヘルムに対して、自分の今の気持ちを告白する。

ひと休みのあと、またペンを取って、告白をつづけます。青年に成長しつつある少年のゆるぎない持続する愛情が私をいい気持にさせようとしたんですわ。でも、この年ごろでは、年上の女を求めるのは何も珍しくないということを思いつきましたの。たしかに、若い男性は年上の女性に神秘的な愛情をよせますのね。これまでは、私自身にはなかったことですので、そんなことを笑いとばして、意地のわるい見方をしたつもりでした。あれは、たがいにひき離されたばかりの乳母と乳呑み子とのあいだに通うやさしい愛情への思い出なんだと。いまでは、これをそんなふうに考えると、腹が立ってきます。善良なフェーリクスを幼児にまで下げてみたところで、私は結局なんの得な立場にもなりませんもの。自分を批判するか、他人を批判するかで、まあ、何という違いでしょう。（前掲書、二二七頁）

この告白の内容自体は、よくありがちな恋愛話であるが、これをヘルジーリエが相手の父親相手に書いていることが意味深である。少なくともヘルジーリエの心がある程度、フェーリクスよりもヴィルヘルムの方に傾いていて、彼の関心を引こうとしていることは分かる。そこからさらに、『ウェルテル』以降のゲーテの作品に慣れ親しんでいる読者は、「ウェルテル＝シャルロッテ＝アルベルト」の間の三角関係が、「フェーリクス＝ヘルジーリエ＝ヴィルヘルム」の関係に再現されているのを感じることだろう——『修業時代』でのヴィルヘルムの恋愛遍歴にも、常に何らかのライバルがいたので、『ウェルテル』の三角関係が繰り返し部分的に再現されていたと見ることはできる。ただ、今回は、ヴィルヘルムとフェーリクスが疑似ではなく、本当の親子なので、本格的なエディプス三角形が形成されていることになる。また、作者と読者の視線に最も近い主人公は、嫉妬する側ではなく、息子から嫉妬される側になっている。つまり、『ウェルテル』的な三角形を、シャルロッテの側から、そして、アルベルトの側から見直すような構図が出来上がったわけである。この視点の転換は、主人公の成長・成熟に対応していると見ることができる。

三巻では、二章と七章と十七章で、ヘルジーリエからヴィルヘルムに送られた手紙で、フェーリクスとヘルジーリエを運命的に結び付けているかに見える、ある小箱のことが話題になる。この小箱は、ヴィルヘルム親子がモンターン＝ヤルノを訪ねた後、洞窟の探検をしていて見つけたもので、金で出来ていて琺瑯《ほうろう》質の飾りがあった。しかし、その土地はヘルジーリエの伯父の所有地で、ヴィルヘルム親子をそこへ案内したフィッツという少年は、かねてから植木畑に侵入して若木を盗んでいたので、近くに罠が仕掛けられていた。二人は役人につかまり、箱は証拠物件として没収された。当の少年は逃げたが、その上着は、中に入っていた箱の鍵と共に没収された。それから何年も経った後、その上着については、その少年が他所でいたずらを働いたため、その土地の当局から、伯父の領地の裁判官に、その上着を証拠物件として送ってほしいという依頼があった。その上着を送ろうと準備していたヘルジーリエは鍵を見つけた。箱の方はある骨董屋の下で保管されていたが、その骨董屋が亡くなったという。遺産相続人は遺言書で、預かっていただけのものを持ち主に返還しなければならないと義務付けられていたが、箱については持ち主が分からないので、それを伯父のところに持ってきて、彼の所の領地裁判所に預けていいかと尋ねた。そこで箱に関する経緯を承知していた伯父は、ヘルジーリエにそれを保管するように言う。その鍵と箱の件でヘルジーリエは、ヴィルヘルムに手紙を書いたわけである。

　ヘルジーリエからしてみれば、フェーリクスの幼いラブレターに対してつれない返事をした後に、そうした因縁がある品物が自分の手元にやってきたので、運命的なものを感じたということであろう。そうした自分の気持ちをヴィルヘルム宛の手紙で書けば、三角関係が余計に深刻化することも分かっていただろう。ヘルジーリエは、決着を付けるために、ヴィルヘルムに——できれば、フェーリクスと一緒に——来てほしいと懇願する。

　二通の手紙でのヘルジーリエの態度で特に読者の注目を引く、あるいは奇異に思わせるのは、彼女が箱の中に何があるか知りたいという願望に強く突き動かされていることである。冷静に考えれば、小箱はフェーリクスがたまたま拾ったものであり、すぐに彼の手を離れたのだ、そこにフェーリクスの内心の記録のようなものが収められているはずはないのだが、いくつかの偶然が重なったことから、ヘルジーリエはそこにヴィルヘルム親子と自分の間の運命を象徴する何かが潜んでいるように思えたのかもしれない。もう少し深読みすると、後にフロイトが指摘しているように、「箱」は無意識のレベルで、女性の性器、あるいは女性の身体を象徴することがある。そのことを視野に入れると、「箱」にはフェーリクスというより、ヘルジーリエ自身の心の秘密、欲望が収納されている（ものとして表象されている）という読み方をすることができる。[10]

シェイクスピアの『ヴェニスの商人』で、ポーシャに求婚するための試練として、金銀鉛の三つの箱から正しいものを選ばねばならない、というエピソードが出てくる。三つの箱にはそれぞれ、「我を選ぶ者は、衆人が欲する者を得るだろう」「我を選ぶ者は、自らに相応しいものを得るだろう」「我を選ぶ者は、自らの持ち物全てを手放し、擲つことになるだろう」、という銘が刻まれていた。これらは、選ぶ者の価値観を映し出していると考えられる。少し後で見るように、「箱」をめぐるヘルジーリエとのやりとりの結果、フェーリクスが自暴自棄になり、生きる希望を失うが、シェイクスピアの鉛の箱の銘が、そこに暗示的にかかわっている、という深読みもできないことはない。「箱」は恋愛に関係する願望の象徴であると共に、人生あるいは社会の本質の象徴と見るべきだろう。

そうした「箱」をめぐる文学や伝説、心理的連想の数々が、含意されている可能性がある。

最初の二通の手紙がヘルジーリエから送られてきた時期は、教育州の訪問やレナルドとノリードリヒのグループとの話し合いで忙しかったということもあってか、ヴィルヘルムがどのようにリアクションしたか明確に記されていない。三通目（三巻十七章）についてはそういうわけにはいかなかった。ヘルジーリエのもとに突然現れたフェーリクスは、ヘルジーリエに抱きつこうとする。ヘルジーリエは彼を押しとどめて、態度を曖昧にしたまま、かつて二人が最初に出会った時のことや、小箱や鍵のことを語り合った。話を長引かせて彼を落ち着かせようとするヘルジーリエに対して興奮したフェーリクスは、「小箱だの鍵だの、どうでもいいんだ」「ぼくはあなたの心を開けたいんだ」というストレートな言葉を発する。そして強引に、小箱を開けようとしたところ、鍵は折れ、外側に出ている部分が落ちてしまう。それから彼は箱は放っておいて、ヘルジーリエに飛びかかり、口をつけてくる。ヘルジーリエはキスを返したが、それ以上のことをさせようとせず、身を振り離した。興奮した彼女は彼を突き放し、二度と私の前に現われるな、と言い渡した。それに対してフェーリクスは、「それなら、ぼくは世界の中へ馬を駆っていくよ、ぼくが死んでしまうまでね」（前掲書、三九四頁）と叫んで、駆け去ってしまう。

ヴィルヘルムは、この手紙が届く前に、結社の集会の場を離れて、船でフェーリクスのもとを訪ねる旅に出ているので、二人の間に何が起こったのか知らなかったのかもしれない。船で川を下って行ったヴィルヘルムは、偶然、フェーリクスらしい若者が川岸を駆けている所を見かける。

---

10 『フロイト全集』（岩波書店）12巻所収の「小箱選びのモティーフ」、及び、同15巻の『精神分析入門講義』を参照。

ヴィルヘルムがはっきりフェーリクスだと認める前に、若者の前の草地が崩れ、彼は真っ逆さまに水中に落ち込んでいく。船頭たちは素早く若者の所にこぎ寄せると、彼を救い上げ、川の真ん中にできている砂洲に船を寄せ、着物を脱がせて、彼の体を拭いた。しかし、フェーリクスは息を吹き返すようには見えない。そこでヴィルヘルムが外科医として修業してきたことが意味を持つことになる。彼はランセット（手術用のメス）を取り出し、フェーリクスの腕の血管を開く。それでフェーリクスが息を吹き返す。

親切な外科医が包帯をしばったかしばらないかに、若者はもうすっかり元気になって立ちあがると、ヴィルヘルムを鋭く見つめて、叫んだ。「ぼくに生きろというんなら、お父さんとずっといっしょだよ」こう言いながら彼は、子を認め父と認められた救い手の首にかじりついて、はげしく泣いた。こうしてふたりは、しっかり抱きあって立っていた。ちょうど、カストルとポルックスの兄弟が、冥府から光の国へ入れ替わる途上で出会ったときのように。（前掲書、三九六頁）

カストルとポルックスというのは星座にもなっているギリシア神話の〝双子〟であるが、カストルがスパルタの王テュンダレオースと王妃レダの血を引く純粋な人間であるのに対し、ポルックスは、レダと主神ゼウスの間に生まれた半神である。この二人が従兄弟と争った際に、人間であるカストルは傷ついて死んでしまうが、半神であるポルックスは父ゼウスによって助けられた。

ゼウスは、彼をオリュンポスの神々と共に永遠に生きられるようにしようとしたが、自分だけ永遠の命を得ることを望まなかったポルックスは、自分の不死性の半分をカストルに分け与え、二人で一日置きにオリュンポスとハデス（冥府）に交替で滞在することにしてもらった。その入れ替わりの時に、二人が一瞬出会うわけである。この神話が引き合いに出されているのは、ヴィルヘルムが、フェーリクスの「苦しみ」を半分引き受けたことを象徴するためであろう。

ヴィルヘルムがフェーリクスのために半分放棄したものとは何かについて、いくつか解釈の可能性がある。素朴に考えて一番可能性が高いのは、ヘルジーリエとの愛の成就であろう。あるいは、ヨーロッパにフェーリクスと共に留まることによって、ナターリエとの夫婦の継続が放棄されるということかもしれない。新世界での新たな人生をやり直す可能性の放棄かもしれない。いずれにしても、ヴィルヘルムは、フェーリクスと共に生きるため、自分の今後の人生を有意義にするかもしれない重要な選択肢のいくつかを諦めたのは間違いない。

物語の実質的な結末である、十八章のこのくだりは、いかにも出来すぎた話であり、リアリティを欠いているように思えるが、これまで主人公として（＝息子の立場で）エディプス三角形の試練を通過してきたヴィルヘルムが、最後の最後で、自分の息子がエディプス三角形の試練を超えるのを見守り、手助けする脇役（＝父親）の立場を取るようになったことは意味深である。人はいつまでも主人公でい続けることはできないのである。

第五章　近代の悪魔

戯曲『ファウスト』は何をテーマとしているのか

ゲーテの作品の内、日本で最もよく知られているのは、戯曲『ファウスト』（一八〇八第一部、三二第二部）であろう。手塚治虫（一八二八－八九）の『ファウスト』（一九五〇）を始め、漫画やアニメ、ファタンジー小説などに、ゲーテの『ファウスト』を翻案したり、悪魔との契約というモチーフを際立たせるべく作品内で『ファウスト』に言及しているものが多いので、オリジナルに触れたことがなくても、大よその筋は知っている人は少なくないだろう。悪魔メフィストフェレスと契約を結んだ老学者ファウストが若返って、これまで経験してこなかった人生の様々な楽しみを味わうが、次第に虚しさを感じ、最後は、悪魔の力によっては得られないものがあることを悟る、という筋である。この作品は二部構成で、第一部は、ドイツ諸邦の連合軍がナポレオンに敗北した直後の一八〇八年――『ヴィルヘルム・マイスターの修業時代』と『遍歴時代』の間、『親和力』の少し前――に、第二部は、ゲーテの死後に刊行されている。本章では、主としてこの作品の隠れたモチーフである、「貨幣」によって媒介される「近代化」について考察する。次章では、「近代化」による「自然」や、人間の「本性」の破壊という問題について考察する。

先ず、ファウストという人物を主人公とする文学作品は、ゲーテ以前にも存在していたことを確認しておこう。ファウストの第一のモデルになったのは、一六世紀のドイツの占星術師・錬金術師ヨハン・ファウスト（一四八〇頃－一五四〇頃）である。彼には、悪魔と契約を結んで自らの欲望を実現したという伝説がある。一五八七年に著者匿名で刊行された、『実伝ファウスト博士 Historia von D. Johann Fausten』にはファウストをめぐる一連の伝説が集められている。自分の魂と引き換えにメフィストフェレスと契約して人生を謳歌する、という物語の原型が既に見られる。その数年後、英国の劇作家クリストファー・マーロウ（一五六四－九三）が、戯曲『フォースタス博士』（一五九二初演、一六〇四刊行）で、ファウストの魂をめぐる天使と悪魔の戦いを描いている。その後、英国やドイツ語圏でファウストを題材にした芝居、人形劇、パントマイムなどが上演され、レッシングも一七五九年にファウストを素材とする作品の構想を発表している。ゲーテとも親交のあった、ドイツの作家で、海軍の将校でもあったフリードリヒ・マクシミリアン・フォン・クリンガー（一七五二－一八三五）は、ファウストを主人公とする小説『ファウストの生涯、行為と地獄行き』（一七九一）を著している。ゲーテの『ファウスト』は、当然それらの伝説や既存の演劇を下敷きにしている。

悪魔と契約をして特殊な力を得て、成功を手にした後、破滅していく人間という設定は、文学・哲学的に非常に魅惑的である——その魅惑を最大限に引き出したのがゲーテである。ゲーテ

書斎のファウスト（ウジェーヌ・ドラクロワ版画）

の後も、ハインリヒ・ハイネ（一七九七―一八五六）によるバレエ台本『ファウスト博士』（一八五一）やポール・ヴァレリー（一八七一―一九四五）の遺作となった戯曲『我がファウスト』（一九四六）など、著名な文学者たちがファウストをめぐる作品を創作している。悪魔を文字通りの超自然的な存在ではなく、人間の無意識に潜む悪への衝動とか、反社会的な勢力や非道徳的人格に置き換えて実体化すれば、現実的なストーリーとして展開できるので、様々な変形ヴァージョンがある。トーマス・マン（一八七五―一九五五）の長編小説『ファウストゥス博士』（一九四七）は、自らの音楽的センスを高めるためにわざと梅毒にかかる作曲家が主人公である。

戯曲『ファウスト』の主人公のもう一人のモデルにスコットランドの実業家で経済思想家であるジョン・ロー（一六七一―一七二九）がいる。『ファウスト』第二部には、メフィストフェレスに導かれたファウストが、皇帝に仕えて紙幣を考案し、宮廷の財務と帝国の経済状況を劇的に改善し、その手柄で帝国の経済の運営を任されるエピソードが出てくる――このことは、後で見るように、ファウストが近代の錬金術師になったことを意味する。このエピソードの背景には、ローがフランスのルイ十五世（一七一〇―七四）の摂政だったオルレアン公フィリップ二世（一六七四―一七二三）に近づいて、経済政策を任されたという歴史的事実がある。彼は、フランス領ルイジアナ（アメリカ）のミシシッピ川を開発するミシシッピ会社を設立して、その株を担保として（貴金属との交換を前提としない）不換紙幣を発行した。ミシシッピ会社の株が高騰したことによって、フランスの財政状態は改善し、ローはその手柄で財務総監に就任した。しかし、ミシシッピ・バブルが弾けて、株価は暴落し、それと連動して紙幣に対する信用も低下した。紙幣を正貨である金や銀と交換することを要求する人が増えたが、ローが経営を任されていた発券銀行は、紙幣をあまりに大量に発行していたため、要求に応じることができず、システムは破綻した。フランス経済全体が急速に悪化し、ローは解任され、いたたまれなくなってフランス国外に逃亡した。このバブル崩壊がフランス革命の遠因になったとされる。

スイスの経済学者ハンス・クリストフ・ビンスワンガー（一九二九－　）は、『金と魔術』（一九八五）で、ロー＝ファウストによる紙幣発行の経済思想史的意味や、ゲーテの経済学への関心を、『ファウスト』のテクストに絡めて論じている。ヘーリッシュはこの議論をさらに哲学的に深ぼりして、近代において人びとを結び付ける主要なメディアである「貨幣」が、社会と人間の在り方をドラスティックに変化させたことが、この作品の主題であり、主人公は貨幣であると主張している。『ファウスト』第一部には、主人公である学者ファウストは、伝説のファウストの息子であり、父親の錬金術の技術を継承して、それを近代的な化学の知見へと発展させたことを暗示する記述がある。この記述は、息子ファウストが近代の錬金術師であることの寓意と取ることもできよう。

伝説のファウストやローに加えて、ゲーテの小説の主要登場人物であるウェルテルやヴィルヘルムも、つまりはゲーテ自身も、ファウストのモデルになっていると見ることができよう。シェイクスピアの作品の登場人物や、ギリシア神話の人物もモデルとして部分的に取り込まれているように見える。シェイクスピアの『マクベス』の主人公マクベスは、魔女の〝予言〟に誘われて、悪事を重ねて権力を手に入れるが、最後は〝予言〟に裏をかかれて自滅する。『ファウスト』でも物語の展開の要所で魔女が登場する。また、後で見るように、人造人間ホムンクルスを造ることに成功するファウストの――分身とも言うべき――弟子ワーグネルは、伝説のファウストと並んで著名な錬金術師パラケルスス（一四九三－一五四一）をモデルにしている。パラケルススは、『事物の本性について De natura rerum』（一五三八）で、ホムンクルスの製法について記述している。その意味で、パラケルススも間接的に、ファウストのモデルになっていると言える。

もう一つ、読解に当たって注目すべき点として、これまで見てきた四つの作品が長編小説であったのに対して、『ファウスト』が戯曲であるということがある。戯曲であるので、当然、建造物や自然環境、社会的慣習、歴史的背景などについての細かい記述はなく、物語中物語もかなりコンパクトな形になり、その分、登場人物相互の会話、特に、ファウストとメフィストフェレスのやりとりに焦点が当てられる。それによって、メフィストがファウストの内面の声を代理していることが強く暗示される。また、登場人物たちの、様々な隠喩や寓意がちりばめられた意味ありげな台詞や振る舞いを筋が通るように解釈するのは、読者あるいは観客の役割であることも示唆される。自分自身が悪魔に誘惑されている人間、あるいは悪魔として他者を誘惑している役になりきらないと、登場人物のやりとりを追っていくことはできない。それは演劇一般について言えることだが、『ファウスト』のように、哲学・神学的な含意のある抽象的な内容のやりとりがなされる戯曲では、単なる感情移入を超えた、思考の同期化が特に重要になる。それは、『ファウスト』が、哲学的な思考がかなり凝縮された作品だということである。

錬金術と近代科学

既に述べたように、ゲーテのファウストは伝説の錬金術師ファウストをモデルにしているが、戯曲では、法学、医学、神学を始め諸学を修めた学者という設定になっている——法学、医学、神学は、中世後期に誕生したヨーロッパの大学の主要三学部である。自然界を支配する諸力や元素の研究にも従事し、物理学や化学についてもかなりの見識を持っている。いわば、正統派の学者であり、悪魔のような超自然的な力を借りて、自分の欲望を実現しようとする錬金術師とは異質なタイプの人間であるように思える。

しかし、その彼が悪魔を名乗る存在と遭遇し、「契約」を結ぶ所から物語が展開していく。このことは、以下の三つのことを暗示していると考えられる。一つは、メフィストの前に現われる「悪魔」というのは、学者ファウストの心の闇が実体化したものかもしれない、という可能性である。その前提で読むと、物語の中には、超自然的な出来事が数多く現われるが、それらはリアルな現象というより、ファウストや他の登場人物の心の中で起こっていることの象徴や寓意ということになろう。戯曲として読むだけでなく、実際の演劇を見れば、いずれにしても生身の役者が演じているのだから、そういう印象は強まるだろう。

第二は、伝説のファウストが代表する錬金術と、戯曲の主人公ファウストが代表する、近代的自然科学の「連続性」という問題である。失敗に終わった錬金術の様々な試みが近代の化学の発展の基礎になったのはよく知られている話だし、科学史家のガストン・バシュラール（一八八四—一九六二）は初期の近代科学の研究では、詩的想像力と厳密な推論が入り混じっていることを指摘している。[11] 自ら自然科学の研究に従事したゲーテが、科学者が抱く前近代的な幻想、魔術的な願望について一定の問題意識を持っていた可能性がある。

第三は、近代的貨幣と錬金術の間の「連続性」という問題である。先に述べたように、ファウストはメフィストフェレスに導かれて、「紙幣」を発明する。金銀や銅貨と違って、「紙幣」は物質的素材としてはほとんど価値がない。にもかかわらず、一定の手順を経て印刷されると、普遍的通用性を有するようになる。いわば、錬金術とは別の意味で、無から価値を生み出す試みである。普遍的通用性を獲得した「紙幣」は、経済の仕組みだけでなく、社会の構造、人と人との関係性をも大きく変容させる。地縁・血縁的に密な関係が、貨幣の等価性によって媒介される、薄く広い関係に次第に置き換えられていく。

この三つのポイントは、戯曲の冒頭部のファウストの独白で既に暗示されている。ファウストはこれまで自分は様々な学問を究めてきたが、人間は最も肝心なことを知ることはできないということが分かった、生きる楽しみがなくなったと慨嘆する。

己《おれ》は何か真理を握って、ひとの手本になり、／その心を浄《きよ》めたり、教え導いたりできようなどとは／自惚《うぬぼ》れてはおらぬ。／そうかといって、財物《ざいもつ》もなければ金もなく、／人に崇《あが》められもせず、栄耀《えいよう》の味も知らぬ。／犬にしたところが、こんな有様で生き存《なが》らえて行くのはいやだろう。／そこで己は、霊の力やお告げによって／ひょっと秘密のいくらかが知れはすまいかと思い、／魔法の道に入ってみた。（高橋義孝訳『ファウスト（一）』新潮文庫、二〇一〇年、三八頁）

学者として真理探究に人生を捧げてきたファウストに、「財物 Gut」や「金 Geld」があまりないのはある意味当然だが、わざわざそういう台詞を口にするということは、彼に「財物」や「貨幣」への関心がないわけではないことが示唆されていると見るべきだろう。金も名誉もない彼は、世界の秘密を知るべく「魔法 Magie」にも手を出すわけだが、これはまさに、伝説のファウストとの繋がりを示している。あと、「犬 Hund」に言及していることも重要である。メフィストフェレスは最初「犬」の姿で現れ、ファウストについてくる。

この場面の後、ファウストは、占星術師で医師でもあるミシェル・ノストラダムス（一五〇三－一六六六）の神秘の書を手に取り、そこに描かれている「大宇宙の符 das Zeichen des Makrokosmos」や「地霊の符 das Zeichen des Erdgeistes」に見入り、それらを解読しようとする――解読を試みている内に、「霊の世界は鎖《とざ》されたるにあらず……」という、霊視者エマヌエル・スウェーデンボルク（一六八八－一七七二）の言葉の意味するところが分かったと呟いている。そのうち彼は、「地霊」が自分の周辺に潜んでいるように感じ、それを目の前に召喚する呪文を唱える。そして「地霊」が姿を現わす。地霊は、最初、「誰だ、己を呼んでいるのは？」と問いかけるが、ファウストがその恐ろしい姿に畏れ慄いている様子を見て、彼に嘲笑の声を浴びせかける。

11　ガストン・バシュラール『科学的精神の形成』（平凡社ライブラリー）などを参照。

己はお前の切ない願いを聴き入れて、／さあ、この通りやってきた——が、超人だったはずのお前が／なんという哀れな恐怖に襲われているのだ。／あの悲願はどうした。／別天地を建立し、支え、育んで、／喜びに震えてふくれ上がり、己たちと背較べをしようとしたあの意気込みはどこへ失せた。（前掲書、四六頁以下）

この地霊の台詞が、ファウスト自身の内面の声の反映だとすると、彼は前章で見た、壮年期のヴィルヘルムのように、自分の能力の限界を思い知らされていることになろう。ファウストの前に限界として立ちはだかったのは、人知を遥かに超えた自然、どれだけ理性的に探究しようとしても解明しきれない自然である。理性の限界を突破して自然の神秘に到達すべく、魔術の力を借りたわけであるが、いざ、自然の神秘の化身である地霊と正面から向き合うと、畏れ慄き、自らの弱さをさらけ出してしまった。「地霊」の恐ろしい姿は、第一義的には、人間を翻弄し、残酷な運命に遭わせる自然の暗黒面だと考えられるが、それと共に、ファウスト自身の心の奥底、無意識の願望をも暗示していると見ることができる。ファウストの無意識の願望が根底において通じているとすると、彼は地霊の内に自分自身の醜い本性を見て取ったのかもしれない。

もう少し深読みすると、「地霊」は、貴金属のように地中に埋まっている宝を象徴していると見ることもできる。後で見るように、ファウストは紙幣を発行する際、帝国の地中に埋まっている（はずの）金銀を担保にしている。地下に人知れず埋もれているものを引き出すこと、あるいは、そうした（実在するかどうか必ずしも確認できない）埋蔵物によって隠喩的に表現される、地上の富を飽くことなく追求する人々の願望を実体化することが近代的な貨幣システムの本質だとすれば、「地霊」との遭遇はその序曲だということになろう。「地霊」とメフィストの関係はその後の物語の展開を見てもよく分からないが、「地霊」が、近代世界においてスムーズに活躍すべく、より洗練された形で登場したものがメフィストではないかと想像することはできる。

ワルプルギスの夜

ファウストは、死んだ後に自分の魂を渡すのと引き換えに、生きている間はメフィストが自分に仕え、地上で大いなる快楽を得られるように手配するという契約を結ぶ——契約は、商業社会的行為である。ファウストたちはまず、魔女の厨《くりや》に行って、魔女の調合する霊薬で若返る。若返ったファウストは、マルガレーテ（グレートヒェン）という若い娘と出会い、彼女を自分のものにするようメフィストに命じる。メフィストの手引きで二人は近づくが、母親が邪魔だてするので、グレートヒェンに眠り薬（と称するもの）を渡して、母親を殺害する。またファウストやメフィストとの付き合いが世間に知れ、グレートヒェンについての悪い噂が広まったことに憤激した彼女の兄ヴァレンティーンに切りかかられたファウストは、彼を返り討ちにしてしまう。

そうした中、魔女たちが北ドイツのハルツ山地に集うワルプルギスの夜（四月三十日）がやってくる。ハルツ山地は昔から、銀、鉛、亜鉛等の産地として知られている。その何日か前に、ファウストは、ハルツ山地の方角に火がちらちらと燃え上がっているのを見て、「宝物 Schatz」が地からせりあがってくるだろうか、と言う。それに対してメフィストは、獅子の刻印が入った金貨などが入っている宝の鍋を掘り出せるのはもうすぐでしょう、と応じる。また、ワルプルギスの夜の当日、山の底に黄金が輝くのを見る。メフィストの解説によると、黄金の神マモンが、祭りのために自分の宮殿を開いたのだという。マモンは、新約聖書では不正な富を表す言葉として使われ、キリスト教では悪魔、悪霊として擬人化されるようになった。

こうしたやりとりから、彼らが「錬金術」的な関心を持って、ワルプルギスの夜に臨んでいることが窺える。ワルプルギスの夜の儀式が、ファウストのその後の歩みにどう関係しているかはっきりとは記述されていないが、その後、彼が紙幣の発行者になることからすると、彼が近代の錬金術師になるために、地下の魔物の魔力（＝人びとの無意識に潜在する所有願望）に触れる必要があったのではないか、と解釈できる。

ワルプルギスの夜でもう一点注目すべきは、卑猥な性的言葉や表象である。ワルプルギスの夜で魔女たちが卑猥な言葉を交わすというのは魔女伝説としてよく知られていることだが、特に注目すべきは、孕んだ豚にまたがって登場する「バウボ婆さんFrau Baubo」である。彼女の後に、魔女たちがついてくる。〈Baubo〉は元々、「母胎」あるいは「陰門」を意味するギリシア語で、ギリシア神話では、豊穣の女神デメテルの乳母であり、娘が冥府の神ハデスに攫われて嘆き悲しんでいるデメテルを卑猥な冗談で慰めたとされている。古代ギリシアの秘教の祭祀では、しばしば、裸になって胸や恥部をさらけ出す猥褻な存在として表象される。ヘーリッシュは、このバウボと、マモンの組み合わせは、貨幣の生殖的な性格を示していると指摘する。

貨幣と生殖という取り合わせは一見、突拍子もない話のように聞こえるが、必ずしもそうでは

ワルプルギスの夜（ヨハン・ハインリッヒ・ランベルグの原画に基づくヴィルヘルム・ユーリの版画）

ない。ドイツの哲学者・宗教学者ホルスト・クルニツキー（一九三八－？）の研究によると、古代の婚礼の儀礼で、花嫁の代価として、女性の豊饒性（生殖力）を象徴する豚が支払われ、犠牲として捧げられた。それが貨幣の原型になったという。そうした儀礼の名残として、デメテルを祀るエレウシスの秘儀で使われる硬貨には、豊饒性の象徴としての豚が描かれているものがあった。この宗教では、豚とバウボは一体のものと見なされ、バウボが豚に跨った奉納画も見つかっている。

ヘーリッシュはさらに、貨幣と生殖の繋がりは、そうした太古の起源に限定されるものではないと主張する。交換媒体として広く流通するようになり、社会的価値の基準になった貨幣は、自己増殖という面でも、生殖に似ている。利子を取って金を貸すと、その金があたかも子を産んで、増えたように見える。日本語の「利子」とか「利殖」、「利子を産む」というのはまさにそういう意味合いの言葉だが、ドイツ語の〈Zinsen tragen〉や英語の〈bear interest〉は「利子を孕む」という言い方であり、英語の〈yield interest〉はまさに、「利子を産む」である。アリストテレス（前三八四－三二二）は、『政治学』の中で、「利子」を意味するギリシア語〈tokos〉の原義が「子を産むこと」あるいは「子」であることから、「利子」とは「貨幣 nomisma」から生まれた「子 tokos」であると論じている。

ただし、キリスト教文化圏では、神の被造物ではない貨幣が、あたかも生殖能力を持っているかのように自己増殖することを前提とする金貸しは、神の摂理に反する行為とされてきた。旧約聖書の出エジプト記や申命記では、同胞から利子を取ることが禁止されている。アリストテレスも、貨幣の本来の機能から外れている「利子」を生業とする高利貸を非難しているし、中世の最大の神学者トマス・アクィナス（一二二五頃‐七四）も『神学大全』（一二六五‐七三）で「利子usura」の不自然さを論じている。[12] こうしたキリスト教の基本姿勢は、「金は金を産まないNummus non parit nummos」という警句で表現される。シェイクスピアの『ヴェニスの商人』で、ユダヤ人で高利貸のシャイロックが嫌われている背景にこうした利子禁止の問題がある。実際、キリスト教会は教義上利子を禁止しており、それが一部緩められるようになったのは、一六世紀に入ってからである。

古代の黄金の神で、男性として表象されるマモンと、古代の生殖の女神で、貨幣の先祖でもあるバウボが遭遇することは、キリスト教会（の神）が公式的には禁じてきた貨幣の自己増殖がこれから本格的に始まろうとしていることを象徴していると考えられる。ヘーリッシュは、この情景についてのファウストとメフィストの会話に、生殖的なメタファーが潜んでいると指摘する。

メフィストーフェレス　さあ、しっかり私の先っぽをつかんだり。／ここがまず中の峠といったところで、山の底に黄金《こがね》が輝いているのが／よく見えるでしょう、どうです、驚きましたか。

ファウスト　なるほどあの谷底から、／夜明けの光のように鈍い光が射《さ》してくる。／しかも深い谷間の底の底まで照らし出す。（前掲書、二九八頁以下：一部改訳）

12　ただし、トマス・アクィナスも危険負担のリスクプレミアムは認めていた。貨幣や利子をめぐる歴史的・思想史的経緯について詳しくは、拙著『貨幣空間』（世界書院）等を参照。

ここで一応、「先っぽ」と訳しておいた〈Zipfel〉という言葉は、「先端」とか「尻尾（の形のもの）」というのが正規の意味であるが、幼児語で「おちんちん」という意味で使われる――新潮文庫版では、「袖」と訳されているが、これではその含意が消えてしまう。悪魔が自分の尻尾、あるいは尻尾状の服の端っこを、男根に譬えるのは、ありそうなことである。そう考えると、「中の峠 Mittelgipfel」というのも男根の隠喩と解することができるし、「谷底 Gründe」や「谷間 Schlünde」はそれに対応する女性器の隠喩と解することができる。また、メフィストがファウストに対して、自分の男根を摑めと言っているかのような言い方をしているのは、同性愛的な関係を暗示しているように見えるが、これは、貨幣の自己増殖としての利殖が、自然の性関係によらない、人工の生殖であることの寓意であると解することができる。

この視点を敷衍すると、ファウストの弟子であるワーグネルが、ホムンクルスという人造人間を製造するのに成功することも、近代的な貨幣の本質が、神の創造の技に挑戦する、人為的生殖であることを寓意的に表現していると見ることができる。さらに言えば、ファウストのグレートヒェンを始めとする、美しくて穢れがないように見える女性への憧れが人間の自然な欲望を表しているのに対して、メフィストと共に始めた、「貨幣」の導入を中心とする社会変革のプロジェクトが、神の作った自然秩序への挑戦を象徴し、『ファウスト』という作品全体が、両者の鬩《せめ》ぎ合い――両者は必ずしも、お互いに相容れないわけではなく、根底において通じているようにも見える――によって展開していくと見ることができよう。

地下の富と紙幣と文学

第二部の冒頭で、メフィストは道化を装って皇帝の宮城に登場する。皇帝の下に集まった臣下は、帝国の窮状について報告する。宰相によると、国中に悪事がはびこり、家畜を奪ったり、婦女を暴行したり、祭壇から十字架や燭台を盗むといった犯罪が横行し、暴徒による騒ぎが大きくなっている。兵部卿によると、市民や武士が城砦に立て籠もって、皇帝の軍に対抗しようとし、傭兵たちは給料が出るまで動こうとせず、支払われるや否や姿を消してしまう。大蔵卿によると、国庫は空っぽで、隣国からの援助もなく、金の流れは止まっている。宮内卿によると、歳入を担保にユダヤ人から借金しているので歳入が入って来ないので、宮廷の日々の支払いに困っている。動物の肉だけは貢物として入って来るものの、葡萄酒は遂に底をつき、ベッドの布団が抵当に入り、パンの代金さえ未払いになっている、という。

そこでメフィストは、帝国の地下に埋まっている財宝を活用してはどうかと提案する。

メフィストーフェレス （……）お金と申すものは床にやたらに落ちていたりするものではございませんが、／知恵才覚さえございますれば、ごく深いところから掘り出して参ることも出来ぬ相談ではございませぬ。／深山の鉱脈、壁の中、／そんなところに金貨や棒金が見つけ出せるものでございます。／それでは、誰がそれを取出してくれるのかとおたずねなさいまするならば、／それは有為な男の素質と精神の力であると申上げねばなりますまい。（高橋義孝訳

『ファウスト（二）』新潮文庫、二〇一〇年、三〇頁以下：一部改訳）

ここでメフィストは、地下の鉱脈を掘り出す事業を提案している（だけに見える）。そうした事業を手掛ける人物には、一定の素質と精神力が必要だというのは、当たり前のように聞こえるが、大僧正（Erzbischof）でもある宰相（Canzler）は、神の恩寵によることなく、人間が自らの自然＝素質（Natur）と精神（Geist）を頼んで、未知の資源を探索すると公言するのは非キリスト教的な行為であると糾弾する。人間の自然は罪悪の源泉であり、精神は悪魔に繋がっている。それらを自由に働かせようとするのは、異端の魔法使いの発想だという。これに対してメフィストは、暗示的に応答する。

メフィストーフェレス　（……）御自分が手でおさわりにならぬものは、何マイルも遠方にあり、／御自分でお摑《つか》まえにならぬものは、ないも同然。／御自分でお数えにならぬものは、真《まこと》とは思召《おぼしめ》さぬ。／御自分でお測りにならぬものは、重みがないとお考えだ。／御自分で鋳《い》られぬ貨幣は、通用せぬとお考えだ。（前掲書、三二頁）

メフィストは、地下に埋まっていると推定される貴金属の話をしているはずだが、この言い方はむしろ、紙幣の話のように聞こえる。兌換性を前提に発行された初期の紙幣は、その紙幣を発行する銀行、あるいはそれに許可を与える国家が、紙幣が額面で保証する富を保有していることを前提にしている。実際にそれだけの富があるかどうか確認できない、地下に埋まっていて、まだ掘り出されていない貴金属は、ある意味、紙幣と同じようにその存在が不確かであり、それを当てにして事業を起こすには、ある種の〝信仰〟が必要である。大僧正はそこに引っかかったのかもしれない。この後のメフィストの思わせぶりな台詞に対して、できるのなら早くやれと急かす皇帝に対して、メフィストに操られた天文博士は、「奇蹟を得んとならば、信仰（Glauben）を強からしむべきではございますまいか」（前掲書、四二頁）といさめている。

このやり取りの少し後に、謝肉祭（カーニバル）が始まるが、皇帝の宮廷でも仮装舞踏会が開かれた。そこでメフィストは、貨幣の本質を示す芝居を演出する。庭師や漁師、樵、道化、ギリシア神話の優美の女神、復讐の女神など様々な人物が登場した後、若くて美しく、自分の本質は「寓意 Allegorie」であると言う「童形の馭者」と、その馭者が操る馬車に乗っている富の神プルートス（Plutus）が登場する――〈plutus〉は「富」を意味するギリシア語〈plutos〉のラテン語形で、ギリシア神話では擬人化されて、デメテルの息子である、富と金の神とされている。童形の馭者は、自分の属性について以下のように述べる。

童形の馭者　私は浪費です、詩です。／自分の一番大切な宝を惜しみなく浪費する時にこそ、／自分の本分を尽くしたことになる詩人なのです。／私だって測り知れないほどに豊かなのです。／プルートス様に劣らぬほどに豊かでいるつもりです。／舞踏や遊宴でプルートス様を元気づけたりお飾りしたりするのも私です。／このお方にないものを私はこのお方に差上げる

のです。（前掲書、七九頁）

ここから「童形の馭者」は、広い意味での「詩 Poesie」、文学であることが分かる。近代における「文学」は、常に「貨幣」に寄り添っている。文学は市場で流通することを前提に創作される。作品の中で、「貨幣」を中心に人間関係が形成され、市民社会が発展していく様を描き出す。『ファウスト』それ自体を含む、ゲーテの諸作品はまさにそうしている。ただし、文学と貨幣は対照的なところがある。「貨幣」は合理的な計算——「合理性」を意味する英語〈rationality〉の語源であるラテン語の〈ratio〉は、もともと「計算」という意味で、それから転じて「理性」の意味でも使われるようになった——に従って富を増殖し、貯め込んでいく。紙幣の価値は、金銀と違って物質的量によって制限されることがないので、どこまでも増加させていくことが可能である。そして増えた額面上の価値は、新しい事業に投資され、更なる価値の増殖に繫がる。それに対して、「文学」を始めとする芸術は、人びとの文化的な消費願望を刺激して、景気の循環に寄与するという面はあるものの、基本的には、「貨幣」として蓄えられた富を散財するように促す。芸術家や学者など特殊な職業の人を除いて、小説や劇場のチケットを買ったら、その分だけ個人の資産は減る。ただ、芸術的想像力に触れることで、自らの想像力も刺激され、心が「豊か」になると感じる人も少なくない。

異なった意味の「豊かさ」を提供する「貨幣」と「文学」は、相互補完しているようにも、根源的に対立しているようにも思える。実際、「プルートス」の「童形の馭者」に対する態度は微妙である。私はこれまであなたのために戦ってきて、あなたの頭の月桂冠を作り上げました、と言う馭者に対して、プルートスは最初肯定的に返答する。

プルートス (……)そちはわしの精神の精神だと喜んで言おう。/そちはわしの意のままに働き動いて、/わしよりもなお富んでおるのだ。(前掲書、八二頁)

この発言からすると、ゲーテのような文学者の想像力が貨幣経済の本質を見抜き、その将来の発展を予見することは、貨幣経済にとって望ましいように見える。しかしその後、車から降りたプルートスは、馭者に暇を出す。

プルートス (馭者に向かって)さてこれでそちは厄介極まりない重荷から解放された。/自由な身の上と相成った今、さっさと自分の世界へ戻って行くがよい。/ここはその方の世界ではない。ここではわれらを、/奇怪なものの姿が入り乱れ不揃《ふぞろ》いに荒々しく取囲んでおる。/その方の清澄な風景をはっきりと見渡すことのできる場所、/その方が誰に気兼ねもなく自分だけに頼れるところ、/善と美のみが支配するところ、/孤独の境涯《きょうがい》へ往《ゆ》くがよい――そこにその方の世界を創《つく》るがよい。(前掲書、八七頁)

プルートスは、自分の支配する世界が、それまで地下(無意識)に潜んでいた怪しい欲望が表に現れ、人間たちの欲望を刺激し、飽くなき利潤追求へと駆り立てる荒涼とした世界であることを知っている。それは、不純な欲望に惑わされることなく、善と美だけを求める（はずの）駆者の世界とは根底において異質である。そこで駆者はその純粋さを保とうとすれば、プルートスと別れざるを得ないわけであるが、地上のほとんどは既にプルートスの支配下にあるので、駆者は孤立せざるを得ない。プルートスと駆者の関係は、近代の芸術にとって、市場経済に対する距離の取り方が困難であることを寓意的に示していると言えよう。

もう一つ注目すべきは、この仮装舞踏会が、単なる紙幣導入の前の余興ではなく、導入のための手続きの一部になっていることである。駆者が退場した後、プルートスが宝物の箱を開けると、実際に冠、鎖、指輪などの形をした黄金があふれ出る。それに向かって群衆が殺到する。それで司会役が慌てて、これは仮装舞踏会の余興なのだ、しっかりして下さい、と群衆に呼びかけるが、誰も言うことを聞かない。それでプルートスにどうにかして下さいと頼むと、彼は杖を火の中に突っ込んで、炎を飛び散らせて、群衆を追い払う。そうした騒ぎの中で、万物の神パンに扮した皇帝が、森の神ファウヌスやサテュロス、土の精グノーム、ハルツ山の巨人などに取り囲まれて登場してくる。すると、小人たちがパンを、火を噴く泉に連れていく。泉を覗き込んでいたパンの髭に火が燃え移り、全身に回って、みんな皇帝が焼け死ぬのではないかと大騒ぎする。すると、プルートスが霧を発生させて鎮火し、舞踏会は終わる。

その後、宮廷で、皇帝がファウストやメフィストと舞踏会について会話している所に、宮内卿と兵部卿、大蔵卿、宰相がやってきて、二人のおかげでこれまで滞っていた支払いが全て済んだ、と報告する。驚いた皇帝に対して、宰相と大蔵卿は、仮装舞踏会の時にパンの神に扮していた陛下に署名して頂いた文書のおかげです、と伝える。人民の幸福のために一筆お願いします、と言う宰相の申し出に応えて、皇帝は一筆認めたのだ、という。皇帝をパンの神として登場させたのは、神話の登場人物になったような高揚した気分で、紙幣導入への承認を与えさせるという目的があったわけである――様々な魔物に取り囲まれ、王者然としていた、パンの神が火に包まれるというのは、帝国のこれまでの状況を示しているとも、悪魔と契約を結んでしまった皇帝の運命を示しているとも解釈できる。

紙幣の魔力

皇帝が署名した文書には以下のように記されていた。

「知ラント欲スル万人ニ布告ス。／コノ紙片ハ千クローネ紙幣トシテ通用スベキモノナリ。／帝国領内ノ地中ニ埋メラレタル無数ノ金銀財宝ヲ／ソノ担保トナス。／コノ無尽ノ財宝ハ直チニ発掘セラレ、／兌換《ダカン》ノ用ニ役立タシムベキ処置ハ講ゼラレタリ」（前掲書、一一二頁）

この文章は紙幣の本質を示している。この新しい〝貨幣〟は、それ自体としてはまさに単なる「紙片（紙切れ）Zettel」でしかないにもかかわらず、帝国領内に埋蔵されていると想定される無尽蔵の宝を「担保」に、一定の価値を有するものとして〝通用〟する。無論、既に見たように、無尽蔵の宝が実在しているかどうかは本当のところ分からない。というより、現実的に考えれば、帝国がどれだけ広くても、発掘して使用できる貴金属の量は限られているので、〝無尽蔵〟ということはあり得ない。しかし、紙片に記された文章は、その紙片が貴金属と交換可能であると信ぜよと要求する。紙幣の本質が「信用」にあるわけである。

英語の〈credit（クレジット）〉、あるいは、それに対応するドイツ語の〈Kredit〉の語源であるラテン語の〈creditum〉は、「信用」あるいは「信仰」という意味である。ドイツ語で「債権者」のことを〈Gläubiger〉というが、これは語の作りから見て「信仰する glauben」者ということである。「債務」を意味する〈Schuld〉の原義は「罪」、「債務者」を意味する〈Schuldner〉は語の作りから見て、「罪人」である。ヘーリッシュによれば、近代的貨幣の本質に関わるヨーロッパ言語の語彙にこうした信仰に関わるものがあるのは、それまでキリスト教が担っていた人びとを信仰によって結び付ける役割を、「貨幣」が肩代わりするようになったからである。

無論、単なる「紙切れ」が自らの価値を宣言しただけで、いきなり「信用」が生まれるわけではない。信用に値する主体による価値の保証がないと、価値がほぼゼロの状態から千クローネの価値が生じるわけではない。その保証を与えることになったのが、皇帝が仮装舞踏会の最中に、「仮象」の世界の出来事として行った署名である——「証明書」あるいは「紙幣」を意味するドイツ語の〈Schein〉には、「仮象」「見せかけ」という意味もある。近代の貨幣を発行することができるのは原則的に国家だけであり、国家は贋金作りを法律で禁じ、貨幣発行権を独占すると共に、自らの発行する貨幣に「信用」を与える。この物語では、世俗国家の主権者である皇帝が紙幣（Geldschein）の原版に署名することが、「信用」の源泉になったわけである。（前近代を支配していた）キリスト教の権威を代表する大僧正でもある宰相が、皇帝に署名を願い出るという儀礼的な取り合わせも象徴的である。

皇帝の署名によって紙幣が流通していると聞かされた皇帝は最初、自分が署名したという自覚がなかったため、誰が私の筆跡を真似てこんな詐欺を働いたのか、と怒るが、大蔵卿は仮装舞踏会の間に署名をもらったことを説明したうえで、その夜の内に「奇術師 Tausendkünstler」に命じて、それを何千枚も増刷させたこと、それによって領内は好景気になり、民は喜んでいると報告した。紙切れが金貨として通用し、軍隊や帝室の費えが全て賄えると知った皇帝は、この事態を是認する。そこで宮内卿が意味深な発言をする。

宮内卿　飛び散ったものを回収は出来ませぬ。／あっという間にちらばってしまったのでございます。／両替屋の扉《とびら》は一杯に開かれっ放しでございますが、／と申しますのも、むろん割引の上で、／紙幣を金貨や銀貨に換えて、払出しをしておるからでございます。／おいしいものを食べようと思う者、／金を手に致しますと、肉屋、パン屋、居酒屋へ足を向けます。／服を新調して鼻をぴくつかせようとする者、／生地屋《きじや》は生地を売り、仕立屋が針を運ぶ。（前掲書、一一四頁）

「貨幣」は一度流通し始めると、それが元々どういう価値であったかと関係なく、流通しているという事実それ自体によって、さらに流通するようになる。周りの人がその額面通りの価値のあるものと見なして使っているのを見ると、その価値が本当にあるのかどうかいちいち考えたりすることなく、自分自身もあたかも貨幣にその価値があるかのように振る舞うようになる。一般的に、市場における商品の価値は、当該商品の物としての属性から相対的に独立して、それを他の人間がどれだけ欲するかによって決まるという側面があるが、全ての商品の価値の尺度となる「紙幣」という特殊な商品の場合、後者だけで価値が決まると言ってよい。しかも、どれだけ欲されるのか自体が、その社会の中で「紙幣」がどれだけ流通しているかに依存する、という循環（再帰）的な関係がある。

貨幣の循環が始まると、人々の消費や投資への意欲が刺激され、以前とは異なった行動パターンを取るようになり、社会や経済の基本的なあり方が変化し、それが新しい社会的現実になる。そうなると、もはや貨幣の発行主体である国家にも、貨幣の自己増殖運動を止めることはおろか、十分に制御することもできなくなる。現代のネット上の仮想通貨をめぐる現状を念頭におけば、宮内卿の発言が意味深に思えてくる。

通用するという事実自体が価値の根拠を露わにした――言い方を換えれば、パンドラの箱を開けた――ファウストとメフィストは、皇帝から〝地下の財宝〟の管理者に任命される。〝地下の財宝〟は、既に述べたように、どの程度の実体化があるのかあやふやだが、帝国内で通用している主要通貨の「信用」の源泉である。それを管理するということは、通貨を通して帝国の人びとの生活を掌握する立場に立ったということでもある。

悪魔を〝欺く〟宗教

物語の終盤で、反皇帝による大規模な反乱が起こり、帝国は危機に陥る。そこでファウストとメフィストは、勇猛な兵士をどこからか調達したり、「妖術師 Zauberer」を使って敵に幻影を見せて混乱させるなどして、味方を勝利に導く。そこで皇帝は功労のあった将軍たちに新たな官職を与え、従来から仕えていた大臣たちにも、反皇帝側から奪った領地を配分し、領主権限を従来よりも拡大してやった。各領主が租税や用益料、鉱山経営、製塩、貨幣鋳造を自らの裁量で行うことができるようになった。

しかし、宰相を兼ねた大僧正は、法王庁の命令で処刑されるはずだった妖術師の命を皇帝が助けたことや、悪霊の業と思しき不可解なやり方で勝利を収めたことに、法王がお怒りのはずであり、破門の恐れがあると告げる。その贖罪として、皇帝が悪霊と接触したと思しき決戦の地一帯を教会に寄進し、そこに巨大な聖堂を建立すべきだと進言する。

破門を恐れた皇帝はその進言を受け入れるが、僧正はさらにその聖堂の維持に関わる予算について細々とした覚書を作成するので、それに署名してほしい、と言う。

大僧正 （……）それではこれから出来上がります建物には、／同時に十分の一税、賃貸料、献納金など一切の税を、／永遠にご免除下さいまし。／立派に維持し、綿密に管理して参りまするのには大層な費用がかかりまするので。／あの通りの荒廃地に、至急な工事を致そうというのでございます、／戦利品から少々のものをお下げ渡し下さいまし。／その上、遠方の土地から木材、石灰、スレートなどの類《たぐい》も、／運んで来なければなりませんので予めこれは申上げておきまする。／運搬の方は、説教壇から人民に説いて致させます。／教会は、教会に奉仕するものに祝福を授けます。（前掲書、四七五頁以下）

大僧正が本当に、（「貨幣」によって近代化のプロジェクトを始動させた）悪魔の幻術を本気で否定し、元の状態に戻そうとしているのでないのはこの発言から明らかだろう。むしろ、悪魔が生み出す富を浄化するという名目で、そこから自分にとって最大限の利益を引き出そうという思惑は見え見えである。この大僧正の姿勢は、ルター（一四八三－一五四六）の宗教改革のきっかけになった、カトリック教会による贖宥状（indulgentia）の販売問題を連想させる——贖宥状もまた、教会の信用＝信仰によって価値を付与された紙切れである。近代市民社会の中にある教会は、「金が金を産む」という神の摂理に反する現象に表面的には反対しながらも、貨幣経済に順応せざるを得ない。

それだけに留まらない。大僧正は、ファウストが皇帝から与えられた海岸地帯の土地に対しても、土地の十分の一税、賃貸料、献納金、土地収益などを、懺悔の印として大聖堂に寄進させるべきだと申し入れる。皇帝が、それは干拓によってこれから作り出される土地でまだそこに存在していない、と言うと、大僧正は、それでは権利を下さると約束して下さい、と返答する。皇帝は、大僧正の強欲ぶりに呆れ返る。

その後、海辺の土地に宮殿を建てたファウストは年老いていく。彼は自分が開拓した土地を自由な地とし、そこに自由な民を移住させて、思うように活動させることを夢見る。そういう幸福の瞬間を思い浮かべた彼は、その瞬間に向かって思わず、「とまれ、お前はいかにも美しい」という有名なフレーズを口にする。メフィストと契約を結んだ時、この台詞を口にした瞬間が、ファウストの命の終わりと取り決めていた。契約に従ってファウストは次の瞬間には息を引き取る。ファウストの葬儀に際して、メフィストは契約に従って魂を抜き取るためにやってくる。

そこへ上方から光が指して、天使たちの一群がやってきて、合唱をし始める。メフィストはその歌声と、彼らの輝きに耐え切れず、後ずさりしてしまう。それと同時に、天使たちの美しい姿に魅せられ、性的な欲望を抱いてしまい、アンビヴァレント（両価的）な状態になって身動きが取れなくなる――先に見たように、貨幣の本質には、自然の生殖によらない、自己増殖を行うという性的なニュアンスが含まれている。メフィストが身もだえしている間に、天使たちはファウストの永遠の魂を天国に運んでいく。メフィストは、天使たちこそ本当の悪魔だと言ってくやしがる。

メフィストーフェレス　（……）小僧めら、だしぬけにやってきやがって、／獲物を攫《さら》って、天へ逃げたな。／だからこの墓のあたりで色気を振撒《ふりま》きやがったのか。／さあ、大変な宝を攫われてしまったぞ。／おれの抵当に入っていた、あの上等な魂を、／畜生、うまうまと攫って行きやがったな。（前掲書、五三五頁）

メフィストは、天使たちの行為を、自分とファウストの間に正当に結ばれた契約に対する、猥褻な手段による不当な侵害として捉えているわけである。この結末を素直にキリスト教的に受けとめれば、神はファウストの魂の奥底の変わらぬ良き部分を見ていて、彼の魂を救われたとか、神の全知全能が悪魔のずる賢さを打ち破った、といったことになるだろう。この後に続く、ファウストの魂が、聖母マリアやかつての恋人グレートヒェンなど天界の住人に迎えられる厳粛な場面を見ると、その印象はさらに強まる。老境に入ったゲーテが、魂の救いを求めたのは、ごく自然のことのように思える。

しかし、悪魔の業を利用して自らの利益を増やそうとする大僧正の強欲さを想起すると、この結末には皮肉な意味が込められているようにも取れる。人びとの欲望を刺激して、利益追求に走らせる貨幣悪魔に思う存分悪さをさせたあと、神の愛の名の下に、その成果を奪い去っていく神の強欲さである。実際、現代社会では、キリスト教に限らず、金儲けの罪深さを説いて、献金を募ったり、自ら金融業を営んで利益を上げる宗教団体は少なくない。そうした宗教団体が、自分が寄生している政治権力や大企業が滅びても、うまく生き延び、人々に悔い改めを説く役割を演じることも少なくない。さらに言えば、そうしたクリーンぶった振る舞いをするのは宗教団体に限らない。(自分も市場のおかげで恩恵を受けている) 知識人や作家・芸術家が、金融業者や大資本、財務・経済官僚を悪者にして、金儲けではなく、人間の精神の偉大さや創造性にもっと目を向け、人間らしい生き方をするよう人びとに説くということはしばしばある。ファウストの魂の救いをめぐる感動的な最後のくだりには、自分だけは金に汚染されていないかのように振る舞う宗教、哲学、芸術などに対するアイロニカルな見方が込められているかもしれない。

第六章　ファウストが見出したもの

「母たち」の脅威

貨幣導入で近代化推進のプロジェクトにおいて大きな成果を収めたファウストは、その代償として何を失ったのだろうか。魔女の厨で若返りの秘薬を飲む前に、ファウストは魔法の鏡の前に立ち、そこに霧に包まれたような、気高い女性の姿を見て、強く惹きつけられ、メフィストにその女性に会わせてくれとせがむ。その女性は、ギリシア神話でトロイ戦争の原因になった絶世の美女へレネーであった。メフィストにもファウストと彼女を会わせることは容易ではなかった。そこでメフィストは、じきに会わせてあげますよ、と言うが、本音では、若返って愛欲が強まったファウストには全ての女性がヘレネーに見えるので、誤魔化せるだろうと考えた。

若返ったファウストが最初に出会って、恋に落ちた女性がグレートヒェンだが、先に述べたように、ファウストは彼女に自分の母を毒殺させ、さらに彼女の兄を斬り殺し、最終的には自分と彼女の間に生まれた子供を殺すように仕向ける。そのため彼女は気がふれた状態で、投獄され、助けようとするファウストの申し出を拒絶して、処刑されてしまう。

そうやってファウストは愛する者を失ったわけだが、帝国への紙幣導入の功績で取り立てられた後、再びヘレネーに思い焦がれることになる。ファウストを魔術師と見込んだ皇帝は、トロイ戦争の原因となったヘレネーとパリスに生身の姿で会いたいと要望する。神話では、ゼウスの妻ヘラ、知恵の女神アテナ、美の女神アフロディテが、誰が最も美しいかを競い合った際、トロイの王子で羊飼いをしていたパリスが審判に選ばれた。三人はそれぞれパリスを買収しようとしたが、パリスは人間の中で最も美しい女をお前の妻にしてやろうというアフロディテを選んだ。しかしアフロディテがパリスに示した相手であるヘレネーが、既にスパルタ王メネラーオスの妻になっていたため、パリスは彼女をトロイまでさらって帰ることになった。彼女にかつて求婚していたギリシア各地の領主たちは、彼女の夫になった者が困難に陥った時は全員で助けるという約束をしており、その約束に従って、トロイに対してヘレネー奪還のための戦争を仕掛ける。

ファウストは、メフィストに二人を悪魔の妖術で呼び出してほしいと頼むが、メフィストは、異教徒である彼らは彼ら固有の地獄にいるのでそう簡単にはいかない、と言う。彼らがいるのは、「女神たち」、あるいは「母たち Mütter」の国である。メフィストは、この「母たち」に言及することに憚りがあるような様子を見せる。ファウストは、「母たち」という言葉を耳にするたびになぜか驚愕する。

メフィストーフェレス　深い秘密はどうも明かしたくないのですがね。／女神たちは寂しい所に粛然として坐《ざ》しているのです。／女神たちのいるところには空間もなければ時間もない。／女神たちについて語るのさえ難儀なことなのです。それは母たちなのですよ。

ファウスト　（愕然として）何、母たち？（前掲書、一二三頁）

驚愕しながらも、やはり「母たち」の国へ行きたいというファウストに、メフィストはそこに向かう方向を指し示す鍵を渡す。

メフィストーフェレス　では降りていらっしゃい。登って、といってもいいかな。／同じことなんだから。すでに生成したものの国を逃れ出て、／形象の揺《ゆらめ》く絶対の世界へ往《い》ってらっしゃい。／もうとうに存在しなくなったものをお娯《たの》しみなさい。／雲の塊りのように絡《から》まり合って動いて行くものに出会うでしょうから、／そうしたら、この鍵を振って、それをよけるのです。（前掲書、一二八頁：一部改訳）

「母たち」とはどのような存在か？「母たち」という言葉は、一見、聖母マリアのように、全てを抱擁する優しい母親的存在を指しているようだが、話の流れからすると、単なる、優しい母ではなかろう。近代を支配する悪魔が簡単に手を出せず、怖気づくような存在であり、多くの美しい女性に恋い焦がれるファウストを、本人にもなぜか分からないが驚愕させる不気味な存在である。時間も空間もない〝ところ〟、いかなる〝もの〟にも固定したはっきりした形象（Gebilde）

がなく、ゆらめき続けている〝ところ〟が彼女たちの住処だという。その住処というのは、キリスト教の神による創造の業が発揮される以前の状態、現実的に言えば、人間がこの理性によってこの世界の法則を把握し、自らの目的に合わせて諸事物を利用・改造するようになる以前の状態を指しているのではないか、と考えられる。諸事物がいかなる性質を持ち、どのように運動しているのかはっきりしない、自己と他者の区別さえ曖昧な、全てが幻影で覆われている原初の混沌である。

あるいは、そうした太古の混沌に通じる無意識の領域、人間の意識の古い層が暗示されているのかもしれない。フロイトは、自我によってコントロールすることはおろか、直接的にアクセスすることさえできない、純粋な無意識の領域を「エス Es」と名付け、「エス」には時間の観念がなく、方向性を持たない「欲動」が充満して蠢いているだけで、全体を組織する原理がない、としている――〈Es〉は「それ」という意味の〈es〉を名詞化した言葉である。また、善悪など、価値の基準を知らない――つまり、善なる者を悪へ誘惑することを仕事とするメフィストは関わりを持てない。メフィストの語る「母たち」の国の〝特徴〟は、「エス」のそれによく似ているように思える。『ファウスト』の読解に一九世紀末に登場した精神分析の理論を引き合いに出すのは不当な深読みだと感じる向きもあろうが、フロイトがゲーテの影響を強く受け、随所で『ファウスト』をはじめゲーテを引用しているのはよく知られていることである。フロイトの「エス」の捉え方に、「母たちの国」のイメージが投影されている可能性は排除できない。

そう考えると、「母たち」というのは、胎児や物心のつかない乳幼児の母子未分化状態、もしくは、それが人間と外界の関係に投射された、主客未分化状態の象徴だと見るべきだろう。「母たち」の国は、究極の安心を得られるユートピアであると同時に、自立した主体として自らがこれまで形成してきたアイデンティティを喪失する不安の源泉でもある。戦後ドイツの批判的社会理論をリードしたフランクフルト学派第一世代のリーダーであるテオドール・アドルノ（一九〇三－六九）とマックス・ホルクハイマー（一八九五－一九七三）は、『啓蒙の弁証法』（一九四七）で、トロイ戦争の英雄オデュッセウスが故郷へと帰還する道筋で、一つ目の巨人キュクロプスとか、怪しい歌声で船乗りの理性を惑わせるセイレーン、人間を動物に変える魔女キルケー、それを食べた者にあらゆる活動への意欲を失わせるロートパゴス族の果実など、様々な試練に遭うことの意味を分析している。これらの怪異は、母なる自然＝混沌の懐から離れ、自己形成の航海に出た主体を、元の状態（主客未分化状態）に引き戻そうとする、自己の内と外の自然からの働きかけを象徴している。オデュッセウスが知恵を働かせて、怪異を出し抜き、試練を乗り切ることは、人間の理性が確立していくことである。キルケーの魔法やセイレーンの歌声の誘惑は、理性を捨てて欲望に身を任せる動物状態への退行、ロートパゴス族の果実を食べることは、無力な幼児の状態あるいは植物状態への退行を意味する。ファウストが、ギリシア神話に描かれた母たちの国が、主体性を破壊する原初の混沌だと直観したとすると、そこに行こうとしている自分に驚愕するのは当然だろう。

古代のワルプルギスの夜

メフィストに与えられた鍵の力によって「母たち」の〝ところ〟に到達したファウストは、皇帝たちの見ている前で、パリスとヘレネーを召喚することに成功する。二人の美しい姿にその場にいた人たちは魅了される。女性はパリスに、男性はヘレネーに。しかし二人が抱き合って、まさに「ヘレネーの略奪」が再現されようとしたところで、ヘレネーに完全に魅せられていたファウストは興奮して、ヘレネーの体に触れ、パリスの前に鍵を突き出す。すると二人の姿は朧《おぼろ》になって消えていき、爆発が起こって、ファウストは気絶する。

ファウストの意識は、どこか別の幻想の世界に行ってしまって、戻って来られなくなったようである。そこでメフィストは、かつてのファウストの弟子で、今では大学者になっていたワーグネルの下に行き、彼が発明したばかりのホムンクルスの助けを借りようとする。ホムンクルスは身体的には不完全でレトルトの外に出ることはできないが、レトルトに入ったまま空中を移動することができ、生まれたばかりなのによくしゃべり、メフィストにも分からないようなこの世界の秘密に通じている。

ホムンクルスは、ファウストの意識がおかしな世界に入り込んでいることをすぐさま探知し、彼の望んでいる活動舞台、つまり神話の世界へと連れて行ってやるしかない、とメフィストに教える。そこに入り込むには、「古代のワルプルギスの夜」を通過しないといけない、という。メフィストがそんなものは聞いたことがないと言うと、ホムンクルスは、それはあなたが西北を領分としていて、北方の妖怪＝幽霊（Gespenster）のことしか知らないからで、本物の妖怪＝幽霊は南方古代にいるんです、と答える。東南の方向、ポンペイウス（前一〇六－前四八）とカエサル（前一〇〇－前四四）の決戦が行われたギリシア中部のテッサリア地方のファルサロスに、古代の妖怪＝幽霊たちが集まるのだという。そしてホムンクルスは、古代のワルプルギスの夜への案内役を務めることになる。

北方のハルツ山地でのワルプルギスの夜が、貨幣的近代に入るためのイニシエーションであったのに対して、ファルサロスでの古代のワルプルギスの夜が、主客未分化の太古的な混沌へのイニシエーションであるという対立図式はある意味分かりやすい。近代化のプロジェクトの最先端を行っている人がしばしば、理性のコントロールを離れて、カオス的な状態に憧れ、野生の感性に〝回帰〟しようとするのは、よくあることである。やや分かりにくいのは、人造人間であるホムンクルスが、悪魔以上に古代の魔物たちの事情に通じている点であるが、それについては、ホムンクルスが誕生する前の瞬間のワーグネルの台詞と、メフィストが彼を伴って出発する際、観客に向かって発する独り言がヒントになる。

ワーグネル（……）すぐれた思考力を持つ脳髄などは、／将来は思考家の手で創られることになるだろう。（前掲書、一七四頁）

メフィストーフェレス（……）われわれは所詮、／自分で作ったものに縋《すが》るのですな。（前掲書、一八五頁）

現代人であれば、「脳髄 Hirn」や「自分で作ったもの Creaturen」という言葉から、ロボットや人工知能を連想するところである。ゲーテの時代にロボットや人工知能のようなものを想定するのは時代錯誤のようにも思えるが、伝説のホムンクルスは人間を超えた様々な能力を発揮する存在として表象されていた。また、一八世紀以降、一定の知能を持って生命体のように活動する自動機械（Automat）が〝発明〟されている——手品のような紛いものも少なくなかった。一七三九年には、フランスの発明家ジャック・ド・ヴォーカンソン（一七〇九-八二）によって餌を食べ、排泄するアヒルの人形が、一七七〇年には、ハンガリーの発明家ヴォルフガング・フォン・ケンペレン（一七三四-一八〇四）によって、チェスを指すトルコ人の人形が発明されている。また、メアリー・シェリー（一七九七-一八五一）の有名な小説『フランケンシュタイン』（一八一八）では、二・四メートルの身長で怪力の人造人間が登場する。

こうした文化史的背景を念頭に置くと、現代の我々がイメージするような、人工知能とそれに精密に対応した機器による、前人未到の自然の神秘、あるいは人間の無意識の探究を、貨幣悪魔メフィストが企てている、という絵柄が見えて来る。古代ギリシア世界、あるいは、それよりさらに古い神話の時代への「下降」は、貨幣の導入による近代化とは逆の方向のようにも見えるが、近代化が人間にとって未知のものを解明し、利用可能にすることを意味すると考えると、「ヘレネー」（に象徴される「母たち」の領域）に対するファウストの願望と、それを助けるホムンクルスの活躍は、極めて近代的である。

「古代のワルプルギスの夜」で、ファウストたちはグリフィン、スフィンクス、セイレーン、ケイローン（ケンタウロス）、吸血鬼ラミアー、アナクサゴラス（前五〇〇頃―四二八頃）、タレース（前六二四頃―五四六頃）、海神ネーレウス、海神プローテウスなど様々な神話上の存在や古代人に遭遇する。メフィストは、ラミアーたちに誘惑され、ちょっかいを出そうとしてさんざん翻弄される。自分を完全に存在する状態にしたいと願うホムンクルスは、アナクサゴラスとタレースに助言を求める。水が万物の根源だと説くタレースは、ホムンクルスを海に連れていき、ネーレウスとプローテウスに会わせる。プローテウスの誘いにのって、ホムンクルスは大海原に出て、生命の源である水の中に入っていく。海中で彼は輝き出すが、最高に輝いた瞬間、レトルトが砕け散り、彼の体は溶け出してしまう。

この二つのことは、人間の欲望をコントロールする貨幣悪魔も近代科学の最先端の知も、生命の根源である「自然」、あるいは「無意識」を支配しきることはできず、むしろ、近づけば翻弄され、最悪の場合には、破滅させられることを暗示しているように見える。人間の生命が「自然」から生じたものである以上、人間は自らの内なる「自然」には逆らいきれない。だとすると、「母たち」の支配する太古の神話的世界に侵入する、女性的な美の化身であるヘレネーと結ばれようとするファウストの欲望もまた、何らかの形での挫折を運命付けられているのではないかと思えてくる。

ファウストの挫折

古代のワルプルギスの夜の後、物語の舞台は、トロイ戦争後、スパルタ王メネラーオスの宮殿にヘレネーが連れ帰られた場面に移る。自分の置かれている立場について困惑している様子のヘレネーの前に、ポルキュアスの一人が出現する。ポルキュアスは、三人姉妹で一つの目と一つの歯を共有している老婆の怪物グライアイの一人で、頭が蛇で見たものを石に変えるゴルゴーン三姉妹とも姉妹関係にある。英雄ペルセウスがゴルゴーンの一人メドゥーサ退治をした際には、グライアイたちから目を取り上げて、メドゥーサの居所を聞き出している。生まれつき醜く、英雄にいいように利用されるグライアイたちは、ヘレネーとは対照的な存在だ。古代のワルプルギスの夜でメフィストは三人と接触して交渉し、一人分の身体を借り受け、クレタ島から捕虜として連れてこられた人間の女を装わせる。

ヘレネーのもとに行ったポルキュアスは、メネラーオス王が、ヘレネーと捕虜の女たちを神々への生贄にしようとしていると言って、彼女を不安にさせる。スパルタの北方に、北からやってきて、その一帯を支配するようになった一族の城があり、その城主が頼りになるかもしれないと言って、彼女をファウストのいる城まで誘い出す。メフィストがポルキュアスを使ったのは、神話の世界では、貨幣悪魔の力が十分に発揮できないので、この世界における人間関係の心理学、特に女性間のそれを活用したのではないかと考えられる――ただし、ファウストの望みが絶たれた後に、ポルキュアスはその本性がメフィストであることを露わにするので、ポルキュアスの姿を借りただけとも解釈できる。ポストコロニアル批評的な視点から少し深読みすると、植民地に開拓のために（西欧から見て）〝未開の地〟を訪れた西欧人が、原住民を手先にして侵略を進め、統治機構を構築する構図が暗示されているようにも思える。

ファウストはヘレネーを保護する。彼の率いるゲルマン人の軍隊は、周囲の地域を平定し、軍事強国アルカディアを建国する。二人の間にエウポリオーンという男の子が産まれる。エウポリオーンは好奇心旺盛な子で、家にじっとしていることを好まず、いろいろな危ないことをやろうとするので、両親を心配させる。彼は幼いうちから、近くにいる少女を手籠めにしようとしたり、平和の中で生きることを望まず、戦士に憧れたりする。戦のあるところ――一八二一年に始まった、ギリシアのオスマントルコ帝国に対する独立戦争のことが暗示されていると思われる――に飛んで行こうとして、神話のイカロスのように、大地に落ちて落命する。冥府に落ちたエウポリオーンが、母に対して僕を一人にしないで、と呼びかけると、ヘレネーも、「命と愛の絆が断ち切れてしまいました」、と言って姿を消してしまう。飛んで行く前に、エウポリオーンは以下のように自らの心境を語っている。

エウポリオーン　あの海上の轟《とどろ》きが聞えませんか。／そこらの谷々にこだましていますね。／平地でも海上でも軍が軍に激突して、／犇《ひしめ》き合って苦戦しています。／そして、死は、／掟《おきて》です。／それが当然の宿命なのです。（前掲書、三九二頁以下）

エウポリオーン　たといそうであろうと――両の翼は／打拡《うちひろ》げられた。／おれはあすこへ往《い》かなければならない。／飛んで行くのをお許し下さい。（前掲書、三九三頁）

エウポリオーンの死は何を象徴しているのか？　戦争に惹かれたところからすると、男性的な征服欲の発露と、その挫折という意味が込められているのは間違いないだろう。ホメロスの描いた神話の世界にも戦争はあったが、ファウストはゲルマン人の軍隊を率いて、神話の世界に乱入した外部からの新たな侵略者である。息子であるエウポリオーンは、その暴力性を継承していると考えられる。加えて、大空へ飛び立とうとしたエウポリオーンの願望は、母なる大地による束縛からの離脱、あるいは、世界を上から見渡せる視点を獲得し、あわよくば世界を支配しようとする、近代人の欲望を象徴していると見ることができる。先にアドルノ／ホルクハイマーの解釈に即して見た、オデュッセウスの主体化と同じ様なメカニズムがエウポリオーンを突き動かしていたとすると、近代人の精神を受け継いだ彼が、〝自分〟を〝母〟と一体のままの——理性の発達していない——状態に留めようとする「母たち」（＝太古の混沌）の力に抗い、さらには立場を逆転して、母なる自然を支配しようとしたのだとすると、そうした彼の野心が挫折したことになる。母たちの国に属していないながら、同時に、自立した主体となり、自らの野心を満たすべく、他者と争い、自然を収奪する存在になることは許されない。

神話の世界で勃発したトロイ戦争自体が、母なる自然の美の化身であるヘレネーを、主体化しつつあった男たちが奪い合ったことから生じた悲劇である。それによって地中海に栄えていたトロイという王国が滅亡した。そうした太古の混沌と初期の文明がせめぎ合っている所に、貨幣悪魔の力を借りたファウストが——時間の壁を越えて——暴力的に介入し、ヘレネーと結ばれ、家族を作って定住しようとするのであるから、無理に無理を重ねることになる。自らの欲するものを暴力と貨幣の力で手に入れようとするファウストの欲望は、自他未分化、主客未分化の混沌が支配している母たちの国では根本的に異質である。ヘレネーを手に入れて、子供をもうけるというのが、メフィストによって見せられた幻想あるいは夢にすぎなかったとしても、典型的な近代人であるファウストの精神と、母の国の混沌とした状態を融合し続けるのは無理だったのだろう——夢か幻想だと考える方が、すっきりと解釈できる。

エウポリオーンの肉体の死によって、近代人であるファウストを継承した部分は消滅し、ヘレネーと同質の部分だけが、暗い冥府へと帰っていった。太古の神話的ユートピアの中で生きることができないことを知ったファウストは、貨幣の支配する近代へと帰っていき、第五章で触れた、皇帝と反皇帝の闘いに参戦する。

〝自然〟を手に入れるために「自然」を破壊する

反皇帝戦の手柄で海辺の土地の領有を許されたファウストは、干拓を進めて壮麗な宮殿を建てるが、その海辺の土地と境を接している土地に立派な菩提樹が生えていて、その近くにフィレモンとバウキスという老夫婦が住んでいた。信心深い二人は、毎日近くの礼拝堂に参詣し、鐘を鳴らして祈禱していた。彼らは、ファウストが不可思議な魔物の力を借りて、自然の摂理に反する形で新しい土地を創り出し、新秩序をもたらしつつあることに若干の不信感を抱いているが、自分たちは環境の変化に関わらず昔のままの信仰を守っていこうとしていた。

フィレモンとバウキスというのは、ギリシア神話の登場人物の名前である。貧しい旅人に変身した主神ゼウスとその息子で伝令の神ヘルメスが、トルコ中部のプリギュアを訪れ、その地で一夜の宿を請うて回ったが、なかなか応じてくれる家がないなか、貧しいフィレモンとバウキスが快く宿を貸した。二人の神は、その褒美として、彼らの家を、巨大な神殿に変え、二人をその神官とした。また、同じ時に死にたいという二人の願いに応えて、二人が年老いて死ぬ時、同時刻に息を引き取らせ、樫と菩提樹に姿を変えて、ずっと寄り添い合っていけるよう取り計らった。そうした神話的背景から見ても、この二人は、神的な自然と調和して慎ましく生きる人間、近代化に静かに抵抗しながら生きる人間の代表と言える。

ファウストは、自分の意のままにならないこの二人が目の前にいることが気になってしかたない。二人が鳴らす鐘の音はファウストの心をかき乱す。

ファウスト （ぎょっとしたように）いやな音だ。不意に矢を射かけるように、／己《おれ》をしたたかに傷つける。／目の前には己の領地が果しもなく拡《ひろ》がっているのに、／己の背後では、不快の種が己をからかうのか。／ねたみ深いあの鐘の音は、己の領内にも／邪魔なものがあることを思い出させる。／あの菩提樹と、茶色の小屋と、／朽ちそうなあの礼拝堂は、己のものではないのだ。／あすこでひと休みしようと思っても、／何か別世界のものの影があって己は身震いする。／あれは眼《め》に刺さった棘、足の裏に刺さった棘だ。／いっそここを遠く離れてしまいたい。

（前掲書、四八六頁以下：一部改訳）

この発言から読み取れるように、ファウストはフィレモンとバウキスの生活に対して両義的な感情を抱いている。その安らかさに憧れている一方で、メフィストと契約している自分にとっては「別世界のものの影 fremde Schatten」のように思えて、それに近づくことができない。「眼に刺さった棘 Dorn den Augen」というのは、旧約聖書の「民数記」三三章五五節に由来する表現である。神は、約束の地カナンに向かっていくイスラエルの民に対して、カナンの地に住んでいる他の民族はあなたたちにとって、「眼に刺さった棘」になるので追い払うようにと命じている。ファウストはこの神の言葉を、悪魔の視点で転用しているわけである。

ファウストは、心の奥で憧れているものが現に目の前にあることで、それと自分とのギャップを意識させられ、苛々している。これは、自分が穢れていること、現在の自分の在り方に後ろめたさを覚えている人間にとっては、ごく自然の心理だろう。そこに〝回帰〟したくても、脅威を感じて直接触れることができない存在だということからすれば、フィレモンとバウキスは、近代化されつつある世界における「母たち」の代理なのかもしれない。だとすると、ファウストは、ヘレネーとの（幻想の）生活で獲得できなかったものを、別の形で手に入れようとしていることになる。

ファウストは「眼に刺さった棘」である老夫婦を立ち退かせて、自分で菩提樹の下に住み、四方に自分の所有物ではないものはない状態を作り出したくなり、その願望をメフィストに打ち明ける。メフィストは、二人を新開地に移してしまえばいい、という。ファウストは、かねてから二人のために新しい土地を用意していたので、そのことに合意する。メフィストは、「一時の暴力〈Gewalt〉に耐えさえすれば、二人は新しい住まいに満足することでしょう」と言って、実力行使を匂わせる。

メフィストが三人の手下を伴って二人のもとを訪れたところ、どれだけ戸を叩いても開けようとしないので、戸を打ち破って侵入する。彼らは二人を怒鳴りつけて脅すが、話を聞こうとしないので、力ずくで追い出そうとしたところ、二人はショックで死んでしまう。家の中に一夜の宿を借りていた旅人が潜んでいて、メフィストたちに襲い掛かったが、簡単に片づけられてしまう。騒ぎの間、家の中で燃えていた石炭の火が燃え上がり、あっという間に外にまで広がり、菩提樹や礼拝堂も炎に包まれ、その炎上の様子は、ファウストの宮殿からも見て取れた。ファウストは、自分が「暴力」を容認したことを忘れて、暴力沙汰にしないように命じたのに、どうして私の言葉を聞かなかったのか、とメフィストたちをとがめる。そこで、舞台の背景にいる合唱隊が謳う。

合唱　古い言葉が聞えてきます。／権力には唯々《いい》として従え、／けれどもお前が大胆で、逆おうとするならば、／家も屋敷も――いのちも賭けろ。（前掲書、五〇二頁）

「権力」を意味するドイツ語〈Gewalt〉には、「暴力」という意味もある。権力者になったファウストは、自分では自分の権限を正当に行使しただけのつもりでも、周囲の人びとにとてつもない暴力をふるうことがある。ファウストも、そのことは分かっていたはずなのに、いざ悲惨な事態が起こると、自分の僕である――そして、自分の悪しき心の化身である――メフィストのせいにして、良心の呵責を回避しようとする。その分余計に、権力者の身勝手さが際立つ——ワイマールの宰相になったゲーテ自身の境遇に対するアイロニーかもしれない。

この後、夜半になって、「欠乏 Mangel」「罪（＝負債）Schuld」「憂い Sorge」「困窮 Noth」の四姉妹がファウストの宮殿を訪れる。「欠乏」「罪」「困窮」の三人は、権力者で豊かな生活を送っているファウストの宮殿に入り込めなかったが、「憂い」は入り込み、ファウストに取り憑いた。「憂い」に憑かれたものにとっては全世界が無益なものになり、永遠の暗黒が覆いかぶさり、心の中に闇が巣食うことになる、という。自分にとって異質なものを暴力＝権力によって破壊してしまったファウストは、もはや何を達成しても喜びを得られない状態になったわけである。それに加えてさらに、「憂い」は、人間は一生涯盲目であり、あなたも盲目になるのです、と言ってファウストに息を吹きかける。それでファウストは盲目になる。自由な土地に自由な市民たちの共同体を作ろうとする自分の事業の成果をもはや自分の眼で見ることはできなくなる。無論、この場合の「盲目」には、知覚としての視力を失うということだけではなく、自分の置かれている状況、将来への展望を見極めることができなくなる、という意味も込められていると見るべきだろう。

そうやって「憂い」に憑かれ、闇の中に置かれたファウストは、見通しが開けていないにもかかわらず、次の場面で、自由な民のための共同体を作るという自分の事業が成功していく様を思い浮かべようとする。そして、例の「とまれ、お前はいかにも美しい」という台詞を口にし、最期を迎える。「憂い」のせいで喜びを得られなくなっていたファウストが、天使によってメフィストとの契約から解放され、聖母マリアの下に召されるというのはかなり不自然な流れのように感じられる。最後の荘厳なシーンは、アイロニーか、ゲーテの切ない願望の現われと見た方がいいように思えてくる。

野蛮を利用する文明

自然に憧れながら自然を破壊せざるを得ない近代人ファウストの矛盾について掘り下げて考えるために、ここでゲーテのもう一つの戯曲『タウリスのイフィゲーニエ』（一七七九初稿、八七刊行）を取り上げてみよう。イフィゲーニエ（イピゲネイア）はギリシア神話の登場人物で、トロイ戦争の総司令官になったミケーネ王アガメムノンの娘である。ギリシアの領主たちの軍がトロイに向かう前に港町アウリスに集結した際、アガメムノンが月の女神アルテミスの使いである鹿を殺してしまったため、女神の怒りを買い、強い風によってギリシアの船団は出航できなくなった。予言者のお告げで、アガメムノンの長女であるイフィゲーニエを生贄にしたら、女神の怒りを宥めることができるということが分かる。アガメムノンは最初逡巡したが、最後は、アキレスと結婚させるためという名目でイフィゲーニエを呼び寄せ、犠牲に捧げる。このことで、彼は、イフィゲーニエの母である妻クリュタイムネストラの怨みを買うことになる。こうしたイフィゲーニエをめぐる物語は、トロイ戦争を介して、『ファウスト』第二部とも密接に関係している。

ギリシアの悲劇詩人エウリピデス（前四八〇頃－四〇六頃）の作品『タウリケのイピゲネイア』では、イピゲネイアはアルテミスによって命を救われ、ギリシアから遠く離れた、クリミア半島

『タウリスのイフィゲーニエ』の舞台（アンゲリカ・カウフマン画）

南部のタウリスに居住するタウロイ（タウリス）族の下で、アルテミスに仕える巫女として生き残っていたという設定になっている。彼女の父であるアガメムノンは、トロイ戦争からの帰還後、クリュタイムネストラとその愛人に殺される。彼女の弟であるオレステスは父の仇として母と情夫を殺害する。オレステスは母を殺したため復讐の女神の呪いを受ける。太陽の神アポロンのお告げで、タウリスの地にあるアルテミス像をアテナイまで持ってくれば、呪いから解放されると言われたオレステスは、友人ピュラデスと共にタウリスまでやってくる。しかし、タウロイ族に捕まって、王とイピゲネイアのもとに引き立てられる。巫女であるイピゲネイアは、異邦人をアルテミスに生贄として捧げねばならなかったが、オレステスが自分の弟だと知った彼女は、王トアスを欺いて、二人と一緒にアルテミス像を持って、タウリスからの脱出を図る。トアスは追ってくるが、知恵の女神アテナが現れて彼を諭したため、三人は逃げおおせて、イピゲネイアはギリシアのアッティカ地方のブラウロンで、アルテミス神殿の巫女になる。

ゲーテの『タウリスのイフィゲーニエ』は、このエウリピデスの作品を、イフィゲーニエとオレスト（オレステス）の関係から、イフィゲーニエとタウリスの王トアスの関係へと重点をシフトする形でリメイクしたものである。ゲーテの作品では、トアスがイフィゲーニエに好意を抱き、彼女を理想の女性として崇めるようになったので、彼女は彼を説得して、異国からやってきた者たちを生贄にするという慣習を止めさせ、故郷に無事に送り返してやるようにした。そうやって野蛮なタウリスの風習を変えさせることに成功したものの、トアスがイフィゲーニエ自身は手放そうとしないため、彼女は望郷の念を募らせる。

王の愛を受け入れるよう、事前に彼女を説得しようとやってきた臣下のアルカスに対して、彼女は以下のように自分の心境を述べる。

イフィゲーニエ　自由に息ができたからといって、それだけでほんとうの生活とは言えません。／この神聖な場所柄で、自分自身のお墓をうろつきまわる／影ででもあるかのように、ただ悲しんで過すばかりとは、／また何という人生なのでしょう？／ただむなしく夢のように過ぎてゆく毎日が、／結局はあの灰色の日々に向けて私たちを用意し、／それは三途《レーテ》の川のほとりで亡者たちの群《むれ》が、／忘我の境地で過している日々だというのでは、どうしてそれを／楽しくて自らを意識した生活だと呼べましょうか？／役に立たない人生とは、早く訪れた死と同じこと、／こうした女の運命が、だれよりも私の運命なのです。（辻理訳「タウリスのイフィゲーニエ」：『ゲーテ全集5』潮出版、二〇〇三年、一〇頁）

イフィゲーニエは、自分の今の生活が、生前の記憶を失った亡者たちの生のように、むなしく、「役に立たない unnütz」と感じているわけである。この後、トアスは彼女に求婚するが、イフィゲーニエは自分の家系は神々に呪われています、と言って承諾しようとしない。そのため傷ついたトアスは、ディアナ（アルテミス）への生贄を再開すると宣言し、岸辺の洞窟に隠れていた二人の異邦人を最初の生贄にするように命じる。その二人というのがオレスト（オレステス）とピュラデスである。二人と対面して、オレストが弟であると分かると、二人を助ける算段をする。二人のせいでディアナ像が穢れてしまったので、海辺で浄めの儀式を行う必要があると言って、王と臣下たちを欺き、二人と像と共に海辺に赴く。彼女は、トアスに対して忘恩の行為になるのではないかと考え思い悩むが、ピュラデスは弟の命を救うための緊急の措置だと言って説き伏せる。

トアスとアルカスは様子がおかしいのに気付き、イフィゲーニエを問い詰める。誤魔化し切れないと分かったイフィゲーニエは、オレストが自分の弟であると打ち明け、二人の命乞いをする。トアスは、野蛮人で荒くれのこの私が、「真理 Wahrheit」や「人間性＝人道 Menschlichkeit」の声に耳を傾けるとでも思うのか、などと言ってなかなか首を縦に振らない。そうこうしている間に、トアスの兵たちに逃走計画を見破られたオレストたちが、白刃を引っ提げて、イフィゲーニエたちの前に姿を現す。白刃を見せられてトアスは怒る。オレストとトアスは決闘して決着を付けようとするが、イフィゲーニエは必死に止める。

会話を続けていくうちに、オレストがアポロ（アポロン）から与えられた神託を誤解していたらしいことが明らかになった。アポロは、彼に「タウリスの岸辺の社に自らの意に反してとどまっている姉妹を連れ帰ったら、復讐の女神の呪いは解ける」という、曖昧な神託を与えたので、彼は、アポロの妹であるディアナの像のことだと理解していたが、自分の姉であるイフィゲーニエが生きていると分かった以上、それはイフィゲーニエのことに違いない、と今になって悟った、という。だから、姉があなたに寄せている信頼に報いて、和解し、彼女が私たち身内のもとに戻ることを許して下さい、とオレストは請う。それに付け加えて、イフィゲーニエが言う。

イフィゲーニエ　（……）弟のまっすぐで誠実な口から出た言葉に、どうぞ／心を動かしてください！　私たちをご覧になってください！／これほどの気高い行いを、なされる機会は、たびたびはめぐってまいりません。／拒むことはおできになりません。すぐにもお許しください。

（前掲書、六八頁）

これに対してトアスは一言、「では行くがよい！So geht!」、とだけ答える。それに対してイフィゲーニエは、そういう不承不承の態度で、許可してしまうのはよくない、私たちに祝福の言葉を下さい、とさらにかなりの長広舌をふるう。そこで、トアスが最後に一言、「ごきげんよう！ Lebt wohl!」。この一言で、芝居が終わる。

一般的には、この戯曲は、イフィゲーニエの掲げる高い「人道主義」の理想に、野蛮人も感化され、文明的な振る舞いを受け入れるに至る、という人文主義的啓蒙の作品として理解されることが多い。しかし、イフィゲーニエとオレストの逃亡のための当初の策謀や、トアスを前にしての二人のしつこい演説、トアスのぶっきらぼうな最後の言葉に注目する限り、健全なハッピーエンドの物語とは思えない。イフィゲーニエたちが、トアスに無理やり西欧人流の人道主義を押し付けているように思える。

アドルノは論文「ゲーテの『イフィゲーニエ』の擬古典主義に寄せて」（一九六七）で、読者が違和感を覚える理由として、野蛮人であるトアスの方がギリシア人のために犠牲を払わされていることを指摘する。異邦人を生贄にするというのは、残酷な習慣に思える。しかし逆に言えば、彼らの土地を訪れないのであれば、そういう目に遭うことはないわけだし、イフィゲーニエが生贄になるのを免れたというのは、絶対的な掟ではなかったということである。自分たちに敵対する共同体の者を容赦なく殺害するという点では、ヘレネーを奪還するためだけにトロイを滅亡させてしまったギリシア人の方がずっと残虐であるように思える。イフィゲーニエ個人に関して言えば、彼女を最初に生贄として殺そうとしたのは、彼女の父親であるアガメムノンらギリシア人であり、スキタイ（タウリス）人であるトアスたちは、自分たちの古来の慣習を曲げて彼女を受け入れ、彼女に巫女としての地位と女性啓蒙家としての活躍の場を与えてやったのである。さらに言えば、トアスがイフィゲーニエに結婚を迫った背景として、彼の息子が死に、彼の後を継ぐ者がいなくなって、彼自身も民も将来に不安を感じていたということがある。イフィゲーニエがその不安を取り除いてくれるという期待があったからこそ、彼女の言うことを聞いて異邦人を生贄にする慣習を休止したのであり、彼女もそのことを分かっていたはずである。無論、イフィゲーニエがダメなら、同族の女性と結婚すればいいが、そうなるとトアスはかなりの年月を無駄にし、子孫を残す機会を著しく減らしたことになる。そう考えてみると、トアスの怒りはもっともである。オレストとピュラデスだけ逃がして、自分は少なくとも、トアスとの間に子供ができるまでは留まるというような選択肢はなかったのか、と思えてくる。

ポストコロニアル批評風な図式で解釈すると、こうしたイフィゲーニエの振る舞いは、現地人の人の好さ、他人を楽観的に信用してしまうメンタリティを利用して、相手の文化を徐々に西欧化・植民地化していく西欧人のずる賢さを象徴しているように見える。ゲーテがそうした植民地主義批判的な問題意識を持っていたというのは穿ちすぎた見方だと思う読者も少なくないだろうが、アドルノは、「では行くがよい！」「ごきげんよう！」の前の、トアスの実質的に最後の台詞に注目するよう促している。

トーアス　（……）そなたも告白したとおり、彼ら二人はわしの手から／女神の尊い御像を、奪い取りに来たのだ。／それをわしが、黙って見ていられると思うか？／しばしばギリシア人は、その貪欲な眼を／外国人たちのもつ遠い宝に向けてきた。／金羊毛皮や、馬や、美しい娘たちがそれだ。／がしかし彼らは、暴力や奸策を使っても、必ずしも／宝ものを持って〟無事に故国に帰れたわけではないのだ。（前掲書、六六頁）

これを野蛮人であるはずのトアスの口から語らせるのは、文明人であるはずのギリシア人に対する痛烈な皮肉である。ギリシア人＝西欧人は古来、冒険と称して、〝蛮族〟から様々な物を奪い取ってきたのである。先に述べたように、オレストがアルテミス像を盗み出す必要がなかったことは判明したわけだが、そう気付く前には、野蛮人から女神像を奪うことで、自分の精神の平衡を取り戻すことは正当だと考えていたわけである。しかも今また、自分の姉とはいえ、トアスにとって心の支えになっていた女性を奪っていこうとしているわけである。西欧人の自己中心性が端的に表れているように思える。

文明の根源

ファウストのフィレモンとバウキスに対する仕打ちや、イフィゲーニエのトアスに対する仕打ちを見ていると、西欧人、特に近代の西欧人が、自分たちの文明の更なる繁栄のために他の文明や自然環境を破壊し、そのことにあまりに無自覚であるという図式が浮かびあがってくる。これだけだと、「西欧（近代）／非西欧（非近代）」、あるいは「文明／自然」というやや単純な二項対立図式にしか見えない。しかし、西欧人もまたかつては野蛮人であり、現在でもその振る舞いの随所で、〝野蛮人以上の野蛮さ〟を示していること、人間の身体は自然に由来するものであり、人間がいくら〝進歩〟しても、自然の呪縛から離脱することはできない、という、アドルノ＋ホルクハイマーの指摘を踏まえて考え直すと、二つの二項対立はかなり複雑な様相を呈してくる。西欧的な意味で「主体」になるには、母胎＝自然に回帰しようとする根源的な欲望や、慣れ親しんだ共同体への郷愁を捨てて、自らの生きる「目的」を自ら定め、その実現に邁進できる決断力を身に付けないといけない。しかし、〝主体〟としての私たちは、最終的には何を「目的」にしたらいいのか？　富、地位、名誉、知識、物質的快楽といったものが当面の目的にはなるが、それらを一定量獲得できれば、人生の目的を達成して満足できるのか？　獲得した富や知識を利用して、もっと何か別の究極の目的を目指すべきではないのか？　『ファウスト』の主人公である老学者ファウストは、人生の最期近くになって、そうした疑問を抱いてしまう近代人の典型である。

もっと〝別の目的〟を探究したくなった彼は、近代を支配する貨幣悪魔の力をフルに活用して、地位と名誉、快楽を究めようとするが、それでは満足できない自分を発見する。そこで、強引に神話的太古の世界——現実的に考えると、それに似た雰囲気の異質な文化の世界、あるいは、そのようなイメージで構築された芸術空間——に入り込もうとするが、貨幣に媒介される近代的主体性を培い、汚染された自分は、自然に回帰することはできないことを痛感させられる。それで、「自由な市民たちの共同体」を作る、という近代の良き部分を象徴するかのようなプロジェクトに乗り出すが、そのため、自然に近い慎ましい生き方をしている善良な人たちを傷つけてしまい、自分の内なる野蛮さを痛感させられ、終末の「憂い」に取り憑かれたまま、最期を迎える。もはや、あらゆる罪人を迎えいれてくれそうな、「永遠にして女性的なるもの das Ewig-Weibliche」――『ファウスト』第二部の最後から二行目に出てくる有名な表現――による救いにかけるしかない。ファウストは、そういう近代人の最期の悪あがきと袋小路を描き出した作品と言える。

『タウリスのイフィゲーニエ』は、『若きウェルテルの悩み』に代表される「疾風怒濤」の時期を通過したゲーテが、美的に調和された人間性の理想を追求する「古典主義」へと移行していく入口に位置する作品とされている。ワイマール古典主義の最高傑作とされる『ヴィルヘルム・マイスターの修業時代』を書き終えたゲーテが、最後に取り組んだのが『ファウスト』第二部である。しかし、これまで見てきたように、この二つの作品は、近代的な主体が掲げる人間性の理想に、無自覚的な〝野蛮さ〟と、自分の居場所を定めることのできない不安が刻印されていることを暗示するものであった。陳腐な言い方になるが、ゲーテは、主体化した近代人の〝光〟と、その裏側にある〝闇〟を総合的に描き出した作家である。

終章　ゲーテに何を期待すべきか

不可解なキャラクター

本書ではここまで、ゲーテの代表作のいくつかについて、主人公のキャラクターをある程度分かりやすく描写したうえで、それぞれの作品のテーマと関係付けながら解説してきた。ただそれは、どこに力点を置いて読めば、作品の見通しがよくなるか、それほどゲーテ通でない読者にとっても面白くなるか例示するための便宜的な措置である。

ウェルテルは市民社会の中で早く大人になろうとしてあがく思い込みの強い若者、エードゥアルトとオッティーリエは自分を客観視しているつもりで抜きさしならない不倫関係にはまりこんでいく年の差カップル、修業時代のヴィルヘルムは経済的現実に抵抗しようとする演劇青年、遍歴時代のヴィルヘルムは自分の限界と役割を悟った中年男性、ファウストは自分の人生の終わりが近いと感じて悪あがきする内に幻想に囚われていく老人、イフィゲーニエは独りよがりの人権活動家……というように、キャラクターを規定することは一応可能である。そういう風に設定すると、現代の日本人にも〝身近〟に感じられるかもしれない。しかし、彼らをそういう分かりやすいキャラクターにして、ゲーテを理解したつもりになるのは、文学に興味を持ち始めたばかりの中高生ならいいかも知れないが、大人の読み方ではないだろう。

本書で論評した作品を実際に自分で読んでみればすぐに分かることだが、初期の作品の主人公であるウェルテルを除いて、ゲーテの作品の主要な登場人物は、いろいろなことや人物に関心を持ち、どういう最終目的や一貫性があるのか分からない行動をする、不思議な人たちである。物語の筋を真面目に追っていくと、オッティーリエ、シャルロッテ、大尉、ヴィルヘルム、ヤルノ＝モンターン、ナターリエ、ヘルジーリエ、ファウスト、イフィゲーニエ、トアス……といった重要な登場人物たちが、何を求めているのか推し量れなくなり、迷路に入っていくような感じがする。ウェルテルにしても、恋愛一筋に生きているように見える一方で、貴族・官僚社会の中での自分の立場や人間関係を異様に気にする中途半端な人間である。官吏としての出世が自分に合わないことを知って、恋い焦がれていた人が婚約者と幸せに暮らしているはずの土地に——長い年月を経た後ならともかく——わざわざ戻るというのは、不可解な行動である。

ゲーテの登場人物たちは、作品を読み進めるに従って、いろんな側面が浮上してきて正体不明になり、感情移入しにくくなることが多い——少なくとも、私のような凡人にとってはそうである。彼の作品は、そのままの形ではドラマやアニメにはしにくい。主要登場人物を、視聴者が共感しやすいキャラに変換し、オリジナルの作品の名シーンや名台詞を随所で生かすのはかなり困難だろう。『ウェルテル』に限っては、恋愛に直接関連する場面に絞ればどうにかなるかもしれ

手塚治虫は中学生の頃から「ファウスト」を愛読していたという。

ないが、その他の要素——階級意識的なものや、文学からの過剰な影響等——を切り捨てていくと、平板な青春恋愛話になりかねない。『ファウスト』の悪魔との契約というモチーフは魅力的だが、貨幣の導入、皇帝への取り入り、古代への旅、ホムンクルス、市民のための干拓事業といった要素を全部盛り込もうとすると、物語としてのまとまりがひどく悪くなる。たとえば手塚治虫（一九二八－八九）の未完に終わった『ネオ・ファウスト』（一九八八－八九）のように、悪魔の力を借りた、人類の再創造への欲望という一点に収斂させないと、一般受けする物語にはならないだろう。

　現代日本で、本人の名前と作品名だけでなく、作品の内容もある程度知られていて、幅広い人気がある世界的文豪を挙げるとしたら、その筆頭はフョードル・ドストエフスキー（一八二一－八一）だろう。『カラマーゾフの兄弟』（一八八〇）と『罪と罰』（一八六六）は、その粗筋とテーマ、主要登場人物の性格がかなり知られている。特に『カラマーゾフの兄弟』は、三兄弟と父親、異母兄弟のスメルジャーコフの五人のキャラクターが、現代日本人にも分かりやすく、彼らに似たような行動パターンや思考の人間を何となく身近なものとして感じられそうである。実際、フジテレビでドラマ化もされている。無論、『カラマーゾフの兄弟』自体は決して単純な小説ではなく、そう簡単に把握できないいろいろな伏線が張ってあり、登場人物同士の哲学的なニュアンスを伴った会話はかなり意味深だが、細部を無視してしまえば、連続TVドラマ的に楽しむことができる——そういう風に社会的背景や哲学的要素を無視できる人は、ファンになりやすいかもしれない。

同じドストエフスキーの作品でも、悪霊に憑かれたように革命騒動に巻き込まれる人たちを描いた『悪霊』（一八七一）や、てんかんで苦しむ善人を主人公にした『白痴』（一八六八）のようなものは、キャラクターが分かりにくいためかそれほど人気はないし、ドストエフスキーと同じくらい知名度が高いレフ・トルストイ（一八二八－一九一〇）の『戦争と平和』（一八六五－六九）は、歴史的背景についてのそれなりの知識が必要なうえ、主要登場人物が多く関係が複雑なことから、さほどポピュラーではない——じつはタイトルだけしか知らないという人は多いだろう。そういう視点から考えると、日本において、ゲーテの名前を冠した雑誌が存在し、箴言集・名言集が出回っているわりに、作品自体がそれほど話題にならないのもうなずける。ゲーテの作品はかなり集中して読まないと、登場人物の行動パターンが見えてこないし、何気ない場面の描写に多重の意味が込められていたりするので、さほど文学好きでない人がエンタテイメント感覚で気楽に読んでも面白いという感じはしないだろう。楽しく読むにはそれなりの「教養」が必要な作家であるのは間違いない。

ゲーテのどこがすごいのか

こういうことを言えば、「では、そういう読みにくいゲーテのどこが魅力なのか?」、という疑問が出てくるだろう。彼以降のドイツ文学・思想・芸術だけでなく、英国、フランス、イタリアを始めとする世界中の文学に影響を与え続けているから、というのが無難な答えだが、それでは、ちゃんと真正面から答えたことにはならないだろう。何故彼の作品はそれだけ広範な影響を与え続けているのか? ゲーテの何が特別なのか? これまで多くの批評家が様々な説明をしてきたが、私なりにまとめると、やはり「はじめに」で述べたように、「近代」における「人間」の在り方を掘り下げて描くことで、後に続く文学者たちに何をテーマとして追求すべきかその基本的モデルを示したから、ということになるだろう。

「近代」とは何か、本書でここまで述べてきたことを踏まえて、改めて考えてみよう。「近代」とは、宗教や共同体慣習による拘束が弱くなり、身分制が解体して、人々の生き方が多様化していく時代である。それは自由を与えられたということであるが、その裏面として生の目的、生き方の規範がなくなって、各人が不安を覚えるようになる、ということでもある。「人間」とはどういう存在か、どう振る舞い、何を目的として追求するのが「人間」らしいのか、「人間」にとって最も重要な価値は何か、「人間」の歴史はどこに向かっているのか……といった最終的な答えが出そうにない問いについて、(自分の生き方を反省的に捉え、自己を方向付けようとする人なら)

考えざるを得なくなった時代だと言えよう。

ゲーテの生きた、一八世紀半ばから一九世紀前半にかけてのドイツは、英国やフランスに遅れて「近代化」が急速に進み、混沌とした状況にあった。ルターによる宗教改革の発祥の地であるドイツでは、一六世紀以来、宗派対立が激しかった。一七世紀には、プロテスタントとカトリックの対立を背景とする三十年戦争（一六一八－四八）が、ドイツを主たる戦場として、起こった。その影響もあって、ドイツ語を話すドイツ民族の統一国家が長いこと形成されず、中央集権的に産業、法律、軍事、文化の近代化を強力に推進することができなかった。ようやく（オーストリアを除く）統一国家が形成されたのは一八七一年のことであった。

それでも、ゲーテの生まれた少し後くらいから、ドイツでも近代化に向けた動きが加速していく。シュレジア地方（現在、ポーランド南西部）の領有、さらにはドイツ諸邦の間での覇権をめぐって、オーストリアとプロイセンの間で七年戦争（一七五六－六三）が起こり、ゲーテが生まれ育った帝国自由都市フランクフルトも戦争に巻き込まれ、オーストリアと同盟を結ぶフランスに占領され、ゲーテの家はフランスの軍政長官の宿舎となる。プロイセンのフリードリヒ二世（一七一二－八六）を英雄として信奉していたゲーテの父はそれが気に入らず、長官といさかいを起こしたり、神聖ローマ帝国の皇帝であるオーストリアの王家に忠誠を誓う親戚と不仲になったりした。

ゲーテの思春期・青年期である一七六〇年代から七〇年代の前半にかけて、フランスを中心とする啓蒙主義は全盛期を迎え、唯物論や無神論、共和主義、ルソーの影響を受けた、人間の「自然」を理想化する思想がドイツ語圏にも影響を及ぼすようになった。ドイツ語による文学を本格的に創始することを試みたレッシングやユダヤ系の啓蒙主義哲学者モーゼス・メンデルスゾーン（一七二九－八六）が、キリスト教に囚われない、市民社会的な道徳を追求するようになった。八〇年代にゲーテは『ウェルテル』の成功のおかげで、ワイマールの宰相となり、貴族にも叙せられ、市民社会における文学者として最強の勝ち組になるが、八九年にフランス革命がおこり、「はじめに」で述べたように、ドイツ諸邦は、ナポレオンに対する敗戦・服従→神聖ローマ帝国解体→ウィーン体制→自由と統一を求める若者を中心とする運動の台頭……という大きな激動の時期を迎える。『遍歴時代』や『ファウスト第二部』に取り組んでいた時期にゲーテが見ていた政治的・文化的風景は、幼年期のそれとは全く異なったものになっていたはずである。『遍歴時代』と『ファウスト』は、ヨーロッパの秩序が根底から覆り、新しい秩序が生まれつつあるかのように見える様を象徴的あるいは寓意的に描いた作品と見ることもできよう。

ゲーテは、ヨーロッパの世界観・価値観の大変動の中で、それまで人びとの無意識に潜んでいた欲望がパンドラの箱から解き放たれ、様々なタイプの人間、人間関係が入れ代わり立ち代わり現われてくる過程を、出来合いの物の見方に固執することなく、自らの眼に映るままに素朴に描き続けた作家であると言える。『ウェルテル』で自らの情念と文学的妄想によって自殺にまで駆り立てられる青年を（書簡という形で表現される）その内面から描いたかと思うと、『修業時代』で劇団での活動を通して市民社会の中で自分の居場所を見出そうと試行錯誤する青年の「自己形成（教養）」の過程を、彼と関わりを持った様々な人たちとの関係性において、さらには、その成り行きを見守っていたとされる不思議な結社の視点を交えて多元的に描写している。『遍歴時代』では、自らの限界を知ったうえで、この世界の中での自分の役割と目的を再発見しようとする人たちの様々な試みを、箴言集や物語中物語を活用しながら、緩い繋がりによって物語っている。『親和力』では、特定の一人だけに定位することなく、誠実であろうとするがゆえにかえって自らの言葉に呪縛され、破滅へと至る四人の人物の関係性が、化学反応を分析するように描き出されている。『ファウスト』では、貨幣と科学の力によって新しい秩序を作り出そうとする典型的な近代人の欲望が、それと表裏一体の関係にある悪魔のような冷酷さ、あるいは両者の根底にある神話的無意識と対比されながら、多角的に表現されている。

こうしたゲーテの囚われのない創造性は、彼と並んでドイツ近代文学の創始者とされるレッシングやシラーの理想主義的作風と対照的である。レッシングやシラーは、市民社会において確立すべき道徳規範、「人間性」の理想を掲げており、彼らの作品の主人公が何を目指し、何に葛藤しているのか分かりやすい場合が多い。ゲーテの作品の主人公と言うと、ウェルテルはどう見てもポジティヴな理想を体現していないし、ヴィルヘルムはどこに自分の生きる目的を設定しているのか最後まで分からないし、ファウストの〝理想〟は常に暗い影に覆われている。ただし、決して道徳的な理想の化身とは言えないゲーテの登場人物たちは、自分の欲望には忠実であり、社会の中で自らの居場所を得ようと格闘し続ける。また、後に続くロマン派の世代のノヴァーリス（一七七二－一八〇一）、ルートヴィヒ・ティーク（一七七三－一八五三）のように、幻想や童話的世界を作品の主要舞台として詩的想像力を奔放に展開するわけではない。五章、六章で見たように、

『ファウスト』に登場するメフィストを始めとする魔物たちは、人間の無意識の願望や自然の寓意であり、神話を素材とする『タウリスのイフィゲーニエ』は、西欧近代の「人間性」の理想に対する屈折した見方が織り込まれている。近代化の過程の光と影、「自由な自己形成の可能性」と「眠っていた不条理な欲望の解放ゆえの危険」の両面の絡み合いを、多様な登場人物の相互作用を通して徐々にイメージ化していくところにゲーテの持ち味がある。

自伝的著作『詩と真実』でゲーテは、自分が幼少期から絵画、外国語、演劇、乗馬、フェンシング、聖書、文学、政治（フランクフルトの市政、ドイツをめぐる国際情勢）、身分制、地理、歴史、建築、植物など多方面に関心を持ち、自分で作品を作ったり、当事者に話を聞いたりしていたことを詳細に述懐している。特に、彼が友達に語って聞かせたという創作童話と、旧約聖書『創世記』に対する近代（脱宗教）的な視点からの解釈は印象的である。この本に書かれている通りだとすると、ゲーテは自分の周囲のあらゆる人物や出来事をじっくり観察し、本質を理解することにかけて、常人には到底ついていけない天賦の才を持っていて、それを特に文学というフィールドで生かした、ということになるだろう。

ただ、それは必ずしも彼が自分の思考と行動を理性的に制御できる人だということではない。『詩と真実』の中には、なかなか理解しがたい不可解な行動をしているエピソードが出てくる。例えば、ごく幼い時に、おもちゃとしてもらった皿で遊んでいる内に物足りなくなって、それを窓から落として割れたのを見て興奮を覚えていたところ、隣人の三兄弟（成人）にもっとと煽られて、家中の皿を次々と落としていって、家の大人が気付いた時には大変なことになっていた、というエピソードがある。この奇妙な振る舞いについては、フロイトが解説論文を書いている。『詩と真実』を読み進めていくと、ゲーテは自分の観察力や創造力のようなポジティヴな面だけでなく、自分の内から生じてくる説明のない不条理な欲望までも直視して記憶し、そのまま文章化できてしまう、エクリチュールの人だということが見えてくる。彼の作品では、「教養」「自由」「市民社会」「人間性」「芸術」の表と裏が、素朴に描かれている。その透徹した素朴さに、後に続く多くの作家や芸術家が彼の非凡さを感じるのだろう。

ゲーテと日本人

日本でゲーテが翻訳され、受容されるようになったのは一八八〇年代、内閣制や議会制、憲法など、近代国家としての基礎が整えられ、本格的に経済・社会の近代化が始まった時期である。ゲーテの受容で中心的な役割を果たしたのは、軍医としてドイツ留学した経験もある森鷗外（一八六二―一九二二）である。日本近代文学の形成において、英文学者出身の夏目漱石（一八六七―一九一六）と並んで、鷗外がドイツのゲーテに相当する役割を果たしたことは今更、言うまでもないだろう。鷗外は、ドイツ思想・文学の造詣が深く、『ファウスト』や、中世の封建的秩序に反逆した伝説の騎士を主人公とする戯曲『ゲッツ・フォン・ベルリヒンゲン』などを翻訳し、これらの作品の解説やゲーテの伝記も執筆している。作家・評論家として活動しながら、軍医としてのキャリアを上りつめ、軍医総監になった鷗外の生涯は、ゲーテと少し重なっているように思われる。明治時代後半の日本の文学界では、『ウェルテル』と『ファウスト』を中心にゲーテの作品が熱心に読まれ、鷗外以外にも、北村透谷（一八六八－九四）、島崎藤村（一八七二－一九四三）、尾崎紅葉（一八六八－一九〇三）、高山樗牛（一八七一－一九〇二）等が特に強く影響を受けたとされている。

「近代化」の真相を独特の観察眼で鋭くえぐり出したゲーテの作品が、本格的に近代化を始めたばかりの日本で広く読まれるようになったことには、（西欧の文学の巨匠に対する権威主義的な憧れという次元を超えた）一定の必然性があると思われる。先に述べたように、ゲーテの時代のドイツは、国際情勢に押されて急激に近代化のコースを歩み始め、それまでの秩序が「近代」的なものに取って替わり、人びとの欲望や幻想が解き放たれる様を短時間で経験することになった。それよりもさらに五十年から百年くらい遅れて近代化を始めた「日本」にとって、短時間で近代化に成功したドイツはモデルになった。[13] 日本近代文学の創始者たちにとって、「教養小説」というジャンルを確立するなど、ドイツ文学の基礎を作り、なおかつ、「近代化」の本質的諸要素を作品を通して巧みに表現したゲーテが、モデルになったとしても不思議ではない。

森林太郎（鷗外）訳の『ファウスト』冨山房、1913年（国立国会図書館デジタルコレクション）

13　この辺りの事情については、拙著『日本とドイツ　二つの全体主義　「戦前思想」を書く』（光文社新書）を参照。

「近代化」が一応完結した（ように思える）現代の日本では、ゲーテの作品はそれほど熱狂的に読まれていない。『マイスター』や『ファウスト』を読んで、「近代」とはいかなる時代か、西欧人が目指す「人間性」の理想はどこにあるのか、市民社会において人と人を結び付けているのは何か、「教養＝自己形成」とはどういうプロセスを経ていくのか……などと考えようとする人はあまりいそうにない。そういうことは、ゲーテのような読みにくい作家を読むまでもなく、いろんなところで散々論じられているし、あるいは、端から分かり切った話ではないかと思うのが、伝統的なドイツ文学の特別な愛好者ではない〝普通の人〟の反応だろう。〝普通の人〟は、そういうことを学びたければ、哲学や社会学などの人文書を読めばいい、と言うかもしれない。

しかし、その種の〝普通の考え方〟に徹するのであれば、文学は、ストーリーの意外性（あるいは、お決まりのパターンによる安心感）と魅力的なキャラクターで読者を楽しませるエンタテイメントであって、読んだ人に何かを考えさせるという役割は、哲学や社会学、心理学などに任せればいい、という身も蓋もない話になってしまうだろう。そこまで割り切っている人には何を言っても仕方がないが、文学には哲学や社会学などの学問とは違った仕方で、読者にあるテーマについて深く考えさせたり、想像力を拡げさせるきっかけを与えるものだと思っている奇特な人向けに、まとめとして、〝現代日本においてゲーテを読む意義〟という言わずもがなの話を一応しておこう——本当に文学の好きな人には、余計で無粋な話にすぎないかもしれないが。

私たちの多くは、自分自身が「近代市民社会」の中に生きているので、「近代」についても「市民社会」についてもよく分かっているつもりになっている。しかし、本当に分かっているのか？　本書で取り上げた、ゲーテの主要作品の登場人物は、自分が何を求めているのか、どういう人間になりたいのか、何を達成したら満足なのか、よく分かっていない。しかし、現在の自分に何かが欠けていると感じ、その欠落を埋めようと、試行錯誤する。予期しなかった他者や出来事との遭遇で、その方向性がラディカルに変わったり、自分の欲望や性格、能力についてより反省的に捉え直すようになる。自分では、何物にも囚われることなく、自由に道を選んでいるつもりでも、無意識に潜んでいる神話的表象に支配されていたことに、何かの拍子に気付くかもしれない。気付いても、もはや自分のアイデンティティがかなり固定化しているために、欲望のコースを変更することができないかもしれない。

哲学、心理学、社会学などの学問は、そうした自己形成をめぐる諸問題を、細かいテーマに分類し、厳密な方法論によって分析する。しかし、私たちが現実の人生で遭遇する問題は、そのようにきれいに分類されているわけではない。純粋な恋愛の問題と見えるものが、階層意識や職業人としてのプライド、芸術的美への志向、市民的道徳規範などと深く結び付いていたりする。学問的な分析では捉えきれない、複合的な関係性を描き出すのが、文学を始めとする芸術一般の役割だと言うことができるが、多様な才能と関心を持ち、実践したゲーテは、まさに複合的な問題を描き出す名手であった。現実の人生に芸術が関わってきた時、余計に話がややこしくなってくることも、ゲーテの視野に入っている。自分の内外で起こる種々の変化を、複合的な視点から観察し、散漫にならずに物語化するバランス感覚にすぐれていたがゆえに、ゲーテはシュレーゲルやノヴァーリスなどのロマン派世代を魅了し、フロイト、ベンヤミン、アドルノのような、アイロニカルな反近代の思想家に刺激を与えてきたのである。自分自身が割り切れない存在であり、長く生きるほど自分自身が分からなくなってきたという人に、お勧めの作家である——逆に言うと、若いうちは、『ウェルテル』や『ゲッツ』のような、変化が激しい初期の作品しか面白くないかもしれない。

万能人のイメージのあるゲーテは、諦めムードの強い現代日本人の感性には合わないと考える人もいるかもしれない。しかし、四章で見たように、『遍歴時代』は、いかにして分を知り、自分に相応しい居場所を見つけるか、それまで自分が築いてきた関係性を維持できなくなった時、どうするのか、というある意味、極めてアクチュアルなテーマを扱った作品である。『ファウスト』は、ファウストの大胆な企ての裏面として、もはやゼロから人生をやり直すことが無理な状況になった時、自分の内に残っている実現不可能に見える欲望とどう付き合うのか、という問題を提起しているようにも読める。

ツイッターなどSNSでの、短い言葉での即興的なやりとりに慣れっこになっている現代人には、『修業時代』『遍歴時代』『ファウスト』のような複雑な物語を読むのはかなりの苦行かもしれない。ただ、SNSや2ちゃんねる等で必死に自己主張——匿名での書き込みの場合、かなり屈折した〝自己〟主張になる——することで、自分の〝独創性〟を示し、他人の注目を集めようとしている人たちは、ゲーテの作品の登場人物たちのように、自分が社会の中で何をしたらいいのか分からず、あがいているように見える。自分をどうしたらいいのか分からない人たちが、（経済的合理性を象徴する）貨幣と（規範から逸脱しようとする想像力の産物である）芸術を両極とする各種のメディアを通じて新たな繋がりを求めるようになり、ワルプルギスの夜のようなカオスを呈するのが、近代市民社会である。ネットで一日中書き込みをしている人たちは、片手間で楽しめないゲーテの作品など目にしたくないだろうが、様々な欲望が生成して、不思議な化学反応を起こす現代のネット空間は、ある意味、極めてゲーテ的な空間と言えるかもしれない。

無論、ゲーテの作品を読んだからといって、人生をポジティヴに生きるための知恵のようなものがすぐに浮かんでくるわけではない。ゲーテの作品を読むことが心地よく感じられるようになるには、文学的センスが元から備わっている人でない限り、それなりの読む訓練と教養が必要だろう。最後に、『ヴィルヘルム・マイスターの遍歴時代』の末尾の「マカーリエの文庫から」に収められている箴言の一つを引用しておく。

大衆は新しい重要な現象に出会うと、それがなんの役に立つかとたずねる。これはまらがってはいない。なぜなら、彼らは実利によってしか物事の価値を認めることができないからである。(登張正實訳『ゲーテ全集8』潮出版、四〇八頁)

あとがき

私は、子供時代には結構文学好きで、森鷗外とか芥川龍之介、ヘッセ、デュマ、司馬遼太郎などを熱心に読んでいた記憶があるが、高校二年生になった頃、自分は「芸術としての文学」をちゃんと鑑賞できる人間ではないようだと悟ってしまった。文学から次第に遠ざかり、さらには、文系的なもの一般がいやになって、理系で大学受験した。それが大きな間違いであったことがすぐに分かった。その後いろいろ回り道して――どういう紆余曲折かは、自伝的な拙著『Nの肖像』（双風舎）を御覧頂きたい――二十九歳の時に、東大駒場の大学院に入って、ドイツ・ロマン派の思想と文芸理論を専門的に研究するようになった。

ドイツ・ロマン派を研究対象にしたのは、急に文学趣味が復活したからではない。自分が研究者としてやっていくとしたら、ある程度の予備知識と興味、そして語学力の裏付けがある、ドイツ系の思想史しかないという、きわめて消極的な選択であった。そして、当時あまり手を付けられておらず、ある程度独自の視点で論文を書けそうな研究対象を探しているうちに、「ドイツ・

ロマン派の言語・文芸批評理論のポストモダン的再解釈」というテーマが手頃だと思った。こちらも、きわめて即物的な話である。当初は、哲学史的な問題に絞って研究しようと思っていたが、ロマン派の場合、哲学や言語論が文芸批評と不可分になっているので、ある程度、具体的な文学作品に即した議論をしないといけない。また、初期ロマン派のシュレーゲルやノヴァーリスは、ゲーテやシラーなどの古典主義への対抗勢力として台頭してきたので、ゲーテやシラーの作品もそれなりにちゃんと読まないといけない。

そういう調子で、ドイツ文学の有名な作品を読む授業に参加し、個人的にもロマン派繋がりでいろいろ読むようになったが、研究対象として読もうとすると、どうしても、隠れたモチーフとか文体上の特徴や物語構造、他の作家の作品との間テクスト的関係など、論文のネタになりそうなところにばかり注目することになり、それほどワクワクしない。高校時代に感じた文学コンプレックスも結構影響したのではないかと思う。独文学者には、作品に完全に感情移入できる自分の読みのセンスを自慢し、文学通を気取ってスノッブなことを言う人が多い。独文出身の先生に、「君は理屈ばかりだね。作品を面白いと思っていないだろう」とか言われると、ますますワクワク感から遠ざかる。加えて、日本の独文学者は、文学部独文出身だけ集まって一緒に仕事をし、相互に評価し合い、各大学のドイツ語の教員関係の人事でも独文出身を優先する、という閉鎖的な体質を持っているので、そういう人たちと個々の作品について忌憚なく語り合うという気にもなかなかなれない。「文学作品を読むのはお仕事の一環」、と割り切ることにした。

ただ、そうは言っても、長いことドイツ文学と関わっていると、何人か研究対象として興味深いだけでなく、一読者としてもワクワク感を覚える作家も出てきた。その筆頭がゲーテ、次がカフカである。二〇一四年に新潮選書で西洋の保守思想家を紹介した『精神論ぬきの保守主義』を上梓した後、編集部の三辺氏から今度は、福田恆存とか江藤淳など、日本の保守主義思想家について書きませんかと勧められたが、その方面についての概説書は既にたくさん出ているので、あまり気が進まなかった。明治以降の日本の思想史で、右にしろ左にしろ哲学者、社会学者、社会活動家などよりも、文芸批評家・文学者の影響が遥かに大きいのはどうしてかという問題には興味があったが、一冊の本を書くには考えがそれほどまとまっていなかった。それで、文学繋がりの雑談をしているうちに、ダメ元で、「ゲーテとかカフカだったら、書きたいことがあるし、書けそうです」、と言ってみた。編集会議で却下されるのではないかと思っていたが、意外とあっさりオーケーがでたので、まずはゲーテについての一冊を書き始めることになった。

私は純粋な独文研究者ではなく、基本的にアウトサイダーの感覚なので、あまり独文の標準的な作法は気にせず、自分の関心に即して個々の作品を論じてみた。書き進めているうちに、自分で思っていた以上に、私なりのゲーテ観が出来上がっていて、私なりにゲーテに感情移入していることに気が付いた。年を取って来たせいで、自分に文学者的センスがあるとかないとかいう話がどうでもよくなったのかもしれない。

とはいえ、ネット上で文芸批評家を名乗って〝評論文〟らしきものを書いている人には、独りよがりで、やたらと他人を罵倒して、自分の文学通ぶり、〝鋭い批評眼〟を示そうとする困った爺さんが多いので、ああいう風にはなりたくないと思う。『遍歴時代』や『ファウスト』に即して述べたように、自分の限界を知った時、どうやって分を弁えた生き方をしていくのかは、今の私自身にとって大きな課題である。

二〇一六年九月
金沢市角間町の金沢大学キャンパスにて

新潮選書

教養《きょうよう》としてのゲーテ入門《にゅうもん》
――「ウェルテルの悩《なや》み」から「ファウスト」まで

著　者………………仲正昌樹《なかまさまさき》

発　行………………2017年 1 月 25 日

発行者………………佐藤隆信
発行所………………株式会社新潮社
〒162-8711 東京都新宿区矢来町 71
電話　編集部 03-3266-5411
　　　読者係 03-3266-5111
http://www.shinchosha.co.jp
印刷所………………株式会社三秀舎
製本所………………株式会社大進堂

乱丁・落丁本は、ご面倒ですが小社読者係宛お送り下さい。送料小社負担にてお取替えいたします。価格はカバーに表示してあります。

ISBN978-4-10-603795-5 C0395

精神論ぬきの保守主義　仲正昌樹

西欧の六人の思想家から、保守主義が持つ制度的エッセンスを取り出し、民主主義の暴走を防ぐ仕組みを洞察する。〝真正保守〟論争と一線を画す入門書。《新潮選書》

自由の思想史
市場とデモクラシーは擁護できるか　猪木武徳

自由は本当に「善きもの」か？　古代ギリシア、啓蒙時代の西欧、近代日本、そして現代へ……経済学の泰斗が、古今東西の歴史から自由社会のあり方を問う。《新潮選書》

憲法改正とは何か
アメリカ改憲史から考える　阿川尚之

「改憲」しても変わらない、「護憲」しても変わってしまう――米国憲法史からわかる、立憲主義の意外な真実。日本人の硬直した憲法観を解きほぐす快著。《新潮選書》

戦後史の解放Ⅰ
歴史認識とは何か
日露戦争からアジア太平洋戦争まで　細谷雄一

なぜ今も昔も日本の「正義」は世界で通用しないのか――世界史と日本史を融合させた視点から、日本と国際社会の「ずれ」の根源に迫る歴史シリーズ第一弾。《新潮選書》

反知性主義
アメリカが生んだ「熱病」の正体　森本あんり

民主主義の破壊者か。平等主義の伝道者か。米国のキリスト教と自己啓発の歴史から、反知性主義の恐るべきパワーと意外な効用を鮮やかな筆致で描く。《新潮選書》

奇妙なアメリカ
神と正義のミュージアム　矢口祐人

やっぱりアメリカはちょっとヘン!?　進化論否定博物館など、八つの奇妙なミュージアムを東大教授が徹底調査、超大国の複雑な葛藤を浮き彫りにする。《新潮選書》

反グローバリズムの克服
世界の経済政策に学ぶ
八代尚宏

「輸出は得、輸入は損」という国民の思い込みが、日本経済の再生を妨げている。世界各国の構造改革の事例から、日本の国益と経済戦略のあり方を考える。

《新潮選書》

貧者を喰らう国
中国格差社会からの警告【増補新版】
阿古智子

経済発展の陰で、蔓延する焦燥・怨嗟・反日。共産主義の理想は、なぜ歪んだ弱肉強食の社会を生み出したのか。注目の中国研究者による衝撃レポート。

《新潮選書》

危機の指導者 チャーチル
冨田浩司

「国家の危機」に命運を託せる政治家の条件とは何か？ チャーチルの波乱万丈の生涯を鮮やかな筆致で追いながら、リーダーシップの本質に迫る傑作評伝。

《新潮選書》

貨幣進化論
「成長なき時代」の通貨システム
岩村充

バブル、デフレ、通貨危機、格差拡大……なぜ「お金」は正しく機能しないのか。「成長を前提としたシステム」の限界を、四千年の経済史から洞察する。

《新潮選書》

レーガンとサッチャー
新自由主義のリーダーシップ
ニコラス・ワプショット
久保恵美子訳

冷戦期、停滞に苦しむ米英を劇的に回復させた二人の指導者。権力奪取までの道のりと、左派陣営を崩壊に追い込んだ経済政策と外交・軍事戦略のすべて。

《新潮選書》

ケインズかハイエクか
資本主義を動かした世紀の対決
ニコラス・ワプショット
久保恵美子訳

「大きな政府」か「小さな政府」か。不況からの回復策をめぐり、二人の天才はなぜ真っ向から衝突したのか。今なお経済学を二分する激しい思想対立の真相に迫る好著。